唐詩光明頂

唐詩三部曲2

王曉磊——著

目次

盛唐，那個傳奇的西元七三六年

陽春召我以煙景，大塊假我以文章。
——李白

西元七三六年，唐玄宗開元二十四年，這是一個平凡而又特殊的年份。

此時，唐朝已進入全面的繁榮時期，所謂「天下大治，河清海晏」[1]。全國人口正邁向史無前例的五千萬大關[2]，倉庫裡的財物堆積如山，似乎永遠花用不完。有個成語叫「長安米貴」，但這句話在當時並不成立，那時米價便宜的青、齊等地不過一斗四、五文，哪怕是長安、洛陽這兩個昂貴的一線城市，米價也不過斗二十文，就算除去史料誇飾的成分，也是驚人地便宜。相比之下，幾十年後的肅宗、代宗時期米價都曾飆升到斗千錢以上。

此外，兩京麵價三十二文，絹一匹二百一十二文，所謂「天下無貴物」[3]。

看著這份成績單，唐玄宗李隆基非常滿意。這時他才剛過五旬，已經閒到開始考慮長生不老的問題了。

前些年，他就派人找到了隱居恒山的方士張果，大轎抬到宮中。張果自稱是上古堯帝時人，已經幾千歲了。唐玄宗被唬得不輕，給予其隆重的禮遇，向他請教長生之術。張果便是後世「八仙」中的張果老。

不久張果病逝，唐玄宗十分驚訝，懷疑這是「屍解」之術，求長生的念頭反而更盛。開元二十四年，朝廷設置壽星壇，開始大規模祭祀老人星，也就是壽星，為君王祈福。

熱鬧的不僅僅是修仙界。這一年，在文學和詩歌的領域，更是一個奇蹟頻發的年頭。

這年，山東泰山迎來了一個青年遊客，他叫杜甫。

彼時出門旅行十分便利，從洛陽一路行來，沿途都有旅店，甚至還可以租驢子代步。因為社會比較安定，歹徒少，「遠適數千里，不持寸刃」，詩人們帶著劍主要是為了拗造型。

杜甫這年二十四歲，身輕力壯，健步如飛。這是他人生中一段快樂的時光，儘管去年受了點挫折，在洛陽應試不第，但年輕嘛，輸得起，大不了再考。

眺望著巍峨的東嶽，但見蒼翠的山巒綿延無盡、一片蔥鬱。朝陽升起來了，映著東嶽泰山，也映著杜甫年輕的臉龐。他心情激盪地寫下了一首詩，叫作〈望嶽〉[4]：

岱宗夫如何？齊魯青未了。
造化鍾神秀，陰陽割昏曉。
盪胸生曾雲，決眥入歸鳥。
會當凌絕頂，一覽眾山小。

這是青年杜甫的代表作，也是唐詩裡輝映後世的名篇。杜甫用這首力量磅礴的詩告訴世界，我將會登上頂峰，讓群山都在我的腳下。

就在青年杜甫眺望泰山的這年，另一個詩人帶著他的酒和寶劍，醉醺醺地來到了五嶽中的另一座名山——嵩山。他叫李白。

李白有兩位朋友在嵩山聚會，一個叫元丹丘，一個叫岑勳，二人約李白來喝酒。李白剛遊太原返回，一聽見酒字，風馳電掣地便來了。一場將輝映後世千年的「嵩山酒局」就此開場。

他們喝酒的地方是元丹丘的隱居處，極具形勝，舉目遠望，可以見到浩蕩的汝水，還有藏身在林中的古老的鹿台寺。李白喝得大醉，揮毫落紙，寫出了一首叫〈將進酒〉[5]的詩：

> 君不見，黃河之水天上來，
> 奔流到海不復回。
> 君不見，高堂明鏡悲白髮，
> 朝如青絲暮成雪。

此前李白曾去過一次長安謀取功名，沒得到重視。但李白認定挫折是暫時的，自己的才華一定不會被辜負。這一年，他仍然保持著活力，相信著明天：

> 人生得意須盡歡，莫使金樽空對月。
> 天生我材必有用，千金散盡還復來。

他們痛飲狂歌的聲音迴響在月下、山間，連那一刻的月色彷彿都染上了醉意。

提及嵩山，還有一個不得不說的人：王維。西元七三六年恰恰是王維人生的一個轉捩點。就在此前一年，在賦閒了近十載後，王維得到了宰相張九齡的推薦，被起復任用，並在本年得以隨侍玄宗去長安。

這一年也就成了王維十載困頓之後最積極、樂觀的一年。王維專門寫詩向嵩山的朋友們辭別。他說：「解薜登天朝，去師偶時哲。豈惟山中人，兼負松上月。」意思是：我脫掉了隱士的衣服，到朝廷去任職了。像這樣跳進名利網，不但辜負了山中的高士們，也辜負了那松上的明月啊！

面對人生翻開的新一頁，王維既有滿滿的期待，也有一份自嘲。這就是七三六年的王維。

同樣是這年，另一個詩人也在嵩山隱居讀書，那便是岑參。這年他二十一歲，跟著母親在嵩山南麓居住。

岑家本來是很顯赫的，此前曾三代為相，可惜都在政治鬥爭中傾覆了。最後一位宰相岑羲正是被李隆基殺掉的。

雖然家世浮沉，但少年岑參毫不氣餒。他正在刻苦攻讀，自信可以「雲霄坐致，青紫俯拾」。「青紫」是指官員的衣服，這裡的意思就是要平步青雲。

岑參居住的草屋靠近後世大名鼎鼎的少室山。他寫詩說：「草堂近少室，夜靜聞風松。月出潘陵尖，照見十六峰。」少林寺的鐘聲，曾無數次陪伴過他的晨讀夜誦。

幾年之後，岑參會走出嵩山，獻書闕下，並成為一代頂尖的邊塞詩人。

這一年，當帝國的東部孕育著傳奇的同時，在西部，一些故事也正悄然上演。在長安，年過七旬的賀知章每天上班打卡完畢，就會寫寫書法、痛飲美酒。他還會跑到素不相識的人家去喝酒，把荷包拍得山響，表示自己有錢[6]。

不但資深年長的詩人活得瀟灑，年輕人也活力無窮。仍然是在這年的長安，一位青年詩人和一個青年書法家訂交，彼此成為好友。

這位詩人叫做高適，正在浪遊長安。那位書法家叫做顏真卿。彼時高適三十二歲，顏真卿二十七歲，都是昂揚奮發的年紀。

這一年正是顏真卿初出茅廬之年。他參加了吏部銓選，這是士人從政的重要一步。在銓選中，顏真卿出手不凡，被評為高等，授朝散郎、祕書省校書郎。事實上，就憑他那一手藝壓當世的書法，怕都要直接拉到滿分。

高適則相對沒那麼幸運，那時尚未釋褐，仍要再熬好些日子才能出仕。雖然兩人際遇不同，但高適和顏真卿都真心欣賞對方，互相寫下了不少詩歌唱和。

他倆不會知道，許多年後，當那場驚天動地的「安史之亂」發生時，兩人會一文一武，各自成為朝堂的棟梁，共同支撐起大唐的一片天空。

那一年，高適還和另一位草書名家張旭成了朋友。兩人一見如故，結為莫逆之交。高適曾寫詩給張旭說：

世上謾相識，此翁殊不然。
興來書自聖，醉後語尤顛。

白髮老閒事，青雲在目前。
床頭一壺酒，能更幾回眠？
——〈醉後贈張九旭〉

這首詩充滿了親切的調侃，把張旭酒後的憨態寫得活靈活現，也可見兩人的關係十分融洽。

這一年，還有許多的詩人也正迎來人生的壯盛時節。王昌齡之前剛選了博學宏詞科，授了汜水縣尉；王之渙在四方遨遊，遠至塞外，寫下一首又一首詩篇，聲名愈加昭彰。

這一段時光，不但是唐朝最興旺的時光，也是盛唐詩人們最好的時光。他們中的大多數人都正精力旺盛、朝氣蓬勃，對未來充滿著期待，覺得一切皆有可能。

李白還沒品嘗到後來被世人誤解、仇視的滋味；杜甫還不知道未來的顛沛與艱辛；王維還懷揣著一份進取之心，人生態度也不曾完全佛系；王昌齡還沒被讒毀，仍然在風風火火地打拚；高適還在韜光養晦；岑參正躍躍欲試；賀知章正品著酒優哉遊哉；孟浩然則已經收穫了內心的平靜，不像早年那樣糾結不忿了，而是盡情享受著田園的逸樂。

那一年，他們不斷奔走、徜徉在中國的大地上，寫下了一首又一首詩歌，名作一篇又一篇往外躥，你一篇〈望嶽〉，我一篇〈將進酒〉，可說爭奇鬥豔、耀眼生輝。張九齡的〈感遇〉已經在醞釀之中，呼之欲出。它將會傳承〈離騷〉的餘韻，成為人間最美、最有態度的組詩之一。王維快要出塞了，他的〈使至塞上〉次年就會誕生，給我們留下無法忘懷的大漠孤煙、長河落日。

這是一個充滿希望的年份。世間最令人欣悅的便是希望二字，那是比黃金還珍貴的東西。西元七三六年，便是詩人們希望最飽滿的年代，是孕育著最大可能性的年代。這一年，光壓著暗，青春壓著苟且，信心是最響亮的調子，明天是最讓人期待的物事。恰如李白那句「陽春召我以煙景」，這一年就是唐詩的煙花三月。

讓我們記住這一年，記住這一個個熟悉的名字，以及一張張或昂揚、或振奮、或倔強、或閒適的面孔。這不禁讓人想起義大利詩人佩脫拉克（Francesco Petrarca）的幾句詩：

多幸福啊，
此日，此月，此年。
此季，此刻，此時，
此一瞬間。

注釋

1 唐鄭綮《開天傳信記》載：「開元初，上勵精理道，鏟革訛弊。不六七年，天下大治，河清海晏，物殷俗阜。安西諸國，悉平為郡縣。自開遠門西行，亙地萬餘里，入河湟之賦稅。左右藏庫，財物山積，不可勝較。」鄭綮做過晚唐時宰相。

2 唐朝人口極盛出現在十八年後的天寶十三載（七五四），戶部奏全國人口有五千二百八十八萬四百八十八人。

3 杜佑《通典．食貨典》載：「至十三年（七二五）封泰山，米斗至十三文，青、齊穀斗至五文。自後天下無貴物。兩京米斗不至二十文，麵三十二文，絹一匹二百一十二文。」

4〈望嶽〉是杜甫開元二十四年開始遊齊、趙時期的作品。清浦起龍《讀杜心解》認為〈望嶽〉作於開元二十四年之後。莫礪鋒《杜甫評傳》將之暫繫於開元二十四年或稍後。

5〈將進酒〉繫年，諸家說法不一。郁賢皓《李白集》、安旗《李白〈將進酒〉繫年》將此詩繫於開元二十四年，李白三十五歲。本書採信這一種說法。僅以詩歌本身而論，詩中李白雖然感嘆光陰易逝，滿腹憤懣牢騷，但最終調子仍然不乏昂揚自信，似乎確像稍早的開元年間的作品。此外還有開元二十二年（七三四）前、天寶十一載（七五二）等說。

6 賀知章〈題袁氏別業〉寫道：「主人不相識，偶坐為林泉。莫謾愁沽酒，囊中自有錢。」

一艘小舟飄開的盛唐序幕

何如海日生殘夜，一句能令萬古傳。
——鄭谷

揚子江浩浩江水，日日夜夜無窮無休地從鎮江北固山下經過，東流入海。[1]我們的盛唐詩歌故事，就從這著名的北固山開始。

北固山，在鎮江城之北、長江之南，和瓜洲渡隔水相望。歷史上這裡曾留下許多傳說，譬如山上的甘露寺，號稱古往今來最有名相親角，是三國故事裡劉備相親的地方。

事實上，北固山還另有一段奇妙的緣分，是關於唐詩的。

唐玄宗開元元年（七一三），一個冬末春初的黎明，有艘小船悄然停在了北固山下。

在唐詩的世界裡，一旦有可疑的小船單獨出沒，你便要打起精神了，因為往往會有傑作誕生。後來李白、張繼、柳宗元等人的小舟莫不如此。[2]

眼下這艘船上有位詩人，名叫王灣。他是洛陽人，目前正在南方旅行，已經離開家很久了。

天要亮了，晨光灑落在船頭。王灣熄滅燭火，放下了手裡的書，[3]披衣走出船艙，但見水面平展、一望無垠，江流汩汩滔滔，在北固山的目送下直奔向天際。

風很好，是那種怡人的順風。船家把帆扯得足足的，要開始新一天的征程。王灣胸襟為之一爽，甚至產生了一種錯覺：這船，這江，彷彿正是要把嚴冬拋在身後，去追逐陽春。

王灣欣然命筆，寫下了一首詩，題為〈次北固山下〉[4]：

客路青山外，行舟綠水前。
潮平兩岸闊，風正一帆懸。
海日生殘夜，江春入舊年。
鄉書何處達？歸雁洛陽邊。

詩出來沒多久，王灣便收到朋友們的回饋：

老兄，你屠榜了啊！

這首詩迅速地流傳開了，其當紅程度不亞於後世的流行歌曲。當時幾乎最重要的詩歌選本《國秀集》、《河嶽英靈集》都爭相選了這首詩。何以它這樣受人喜愛？答案大概便是四個字：盛唐氣象。

它所寫的主題，乍一看其實很平凡，無非客路、鄉書、歸雁，不過是一個遊子的羈旅愁思而已，說白了就是想家。

它所寫的景物也是那麼蕭瑟，冷清清的黎明，寂寞的旅人，漂泊江南的一葉孤帆，本來無論如何都該是一片愁苦的調子才對。

但這首詩你讀來卻絲毫不覺得孤寂惆悵，而是感覺那麼闊大、那麼明亮。

詩人固然懷念著遠方的洛陽家鄉，念叨著「鄉書何處達」，但他絕不悵怨，更不悲傷。他用新鮮的眼光去看待眼前的一切，那青山、綠水、風帆。

他雖然也詠嘆光陰流逝，卻以瀟灑的姿態去迎接輪迴。「海日生殘夜，江春入舊年」，不是感慨臘殘歲盡、年華又催，而是說新春潛入了舊年，像是隨風潛入夜的春雨一樣。

他提及了得到和失去，但絲毫沒有患得患失，只有豁達和喜悅。殘夜消散了，新生的是朝陽；辭別了舊年，邂逅的是江春。在詩人筆下，物質不滅，能量守恆，失去的並不足惜。陶淵明曾說「日月擲人去」，但在這一首詩裡，是人擲日月而去，明天都會更好，未知的都是欣喜。

這首詩你橫看豎看，無論是胸襟還是氣象，字裡行間寫滿了呼之欲出的兩個字——盛唐。

唐詩一般被分為四個階段：初唐、盛唐、中唐、晚唐。〈次北固山下〉這首詩的誕生時機太奇妙了，它無巧不巧地在開元元年寫就，正是在初唐邁入盛唐的門檻上，活像是專門為盛唐訂製的序曲。而這位天意欽定的作曲家，就是王灣。

前作《唐詩寒武紀》曾提及，初唐時代也有一首標誌性的詩，就是蘇味道的〈正月十五夜〉：

火樹銀花合，星橋鐵鎖開。
暗塵隨馬去，明月逐人來。
遊伎皆穠李，行歌盡落梅。
金吾不禁夜，玉漏莫相催。

在初唐，新的詩歌開始萌芽、誕生，掙脫了過去南朝百年間的浮靡和單調，變得煥然一新，不正是「暗塵隨馬去，明月逐人來」嗎？

而到了盛唐，天高地闊，長風浩蕩，不正是「潮平兩岸闊，風正一帆懸」嗎？

關於這首詩的流行程度，還有一個小故事。

據說這首詩一傳十、十傳百，傳到了宰相張說手上。張說此人非同小可，他不但是百官的領袖，一生曾經三次拜相，而且是當時的文壇宗主，眼光是非常挑剔的。

唐代筆記《大唐新語》裡有這樣一段記載，足見張說的眼光之高。曾有人問張說，現在文壇後起之秀，誰最出眾？張說答：韓休的作品，有如祭祀上沒調味的肉和寡淡的水酒，檔次很高，但缺少滋味；許景先的作品，肌膚豐滿，華麗可愛，但缺少風骨；張九齡的文章，如淡妝素裹，簡練實用，但潤飾不足；王翰的文章，像華美的玉器，燦爛珍貴，但有不少瑕疵。反正都有毛病。

尤其張九齡，原本是張說最為欣賞、一力提攜的實力派，居然也給挑出毛病來了。

到底啥樣的才是真正的好文字呢？張說用實際行動揭曉了答案。在他辦公的政事堂上，張說親手題寫了兩句詩，掛出來作為優秀典型，動不動就說：瞧見沒，寫詩文，就要按照這個水準來！這兩句詩便是：「海日生殘夜，江春入舊年。」

難怪後來有個叫鄭谷的唐朝人說：「何如海日生殘夜，一句能令萬古傳。」這就是千古名句的魅力。

當然，王灣這兩句詩如此稱大主管張說的心，也有別的深層次原因的。

張說本身也是詩人。在他自己早期寫的詩裡，你常會發現和王灣詩的暗合之處，比如這一首：

客心爭日月，來往預期程。
秋風不相待，先至洛陽城。
——〈蜀道後期〉

這首詩裡，張說的回家日期延誤了。他明明歸心似箭，卻不直接寫，反而寫秋風比人更著急，先趕到前頭去了洛陽。這種情感是否讓你想起「鄉書何處達，歸雁洛陽邊」？還有另一首〈欽州守歲〉，這是張說當初流放到廣西欽州時寫的：

故歲今宵盡，新年明旦來。
愁心隨斗柄，東北望春回。

同樣是寫在歲盡臘殘的時候，張說的「故歲今宵盡，新年明旦來」是否也讓你想起「海日生殘夜，江春入舊年」？

張說和王灣，是有著共同的人生情感經歷的。兩人都是北方洛陽人，都在南方長期滯留過，過年也都不能回家。他倆都有過「客心爭日月」的焦灼，有過「鄉書何處達」的惆悵。

在這種情況下，張說拿到王灣的詩一看，好小子，原來詩還能這樣寫。我以為自己兩首詩把一切羈旅愁思都寫足了，可謂「至矣盡矣，蔑以加矣」，沒想到居然還能被你翻出新意來。「海日生殘夜，江春入舊年」一出世，老夫的「故歲今宵盡，新年明旦來」就顯得索然無味沒法看了！

好比《紅樓夢》裡賈寶玉詠柳絮，「鶯愁蝶倦晚芳時，縱是明春再見隔年期」，把柳絮的漂泊無奈已寫盡了。卻不想薛寶釵一提筆，翻出新意來：「好風憑藉力，送我上青雲。」賈寶玉自然難免要拍案大叫，好好好，虧她怎麼想得出！張說讀到王灣的詩，大概也有類似賈寶玉的心態吧。

隨著王灣的小舟漂過，盛唐詩壇的序幕已然徐徐展開。接下來張說、張九齡等人還將壯麗登場，上演更傳奇的唐詩故事。

注釋

1 本書完成於金庸誕辰一百週年。金庸《射雕英雄傳》開篇：「錢塘江浩浩江水，日日夜夜無窮無休的從臨安牛家村邊繞過，東流入海。」作為金庸迷，在這裡進行效仿，致敬金庸先生。

2 張繼「月落烏啼霜滿天」、柳宗元「獨釣寒江雪」都是孤獨小舟上的傑作。

3 王灣坐船手裡有書，是個大概率事件。他是個傑出的編書家，一生與書相伴。當朝組織編撰古今書目，王灣參與編治了集部圖書，歷時五年而成。後他又參與編校麗正書院藏書，因功授洛陽尉。

4 這首詩在當時就有不同的另一個版本。《河嶽英靈集》所收詩題為〈江南意〉，文本是：「南國多新意，東行伺早天。潮平兩岸失，風正一帆懸。海日生殘夜，江春入舊年。從來觀氣象，惟向此中偏。」

張九齡的三個關鍵詞

一

歷史上，有許多了不起的時刻，在當時往往是靜謐無聲的。

西元七〇一年，李白出生，王維出生，孟浩然則是十二歲的少年，正在襄陽學書習劍，躍躍欲試。

然而此刻他們還不是主角。迎面走來的一個人叫張九齡。我們在上文中已經短暫提到了他的名字。

他拍拍孟浩然的肩膀：你還小，這大唐的詩歌盛世，便讓我先登場吧。未來人生中，我會在一個地方等你，到時候我們再攜手前行。

張九齡此時二十三歲，是一個長身玉立、風度翩翩的青年。此刻，他正背負著行囊，離開位於嶺南的家鄉，前往遙遠的京城應試。

放在今天，張九齡大概會被打上一個標籤，叫「小鎮做題家[1]」。

他自小生長在廣東的曲江、始興，都屬於嶺南。唐代的嶺南極其偏僻，是所謂「魑魅天邊國」，在人們心目中就是蠻荒、瘴癘之地，是不適宜人類居住的代名詞。張九齡後來哪怕做了宰相，也常自稱「嶺海孤賤」——我就是那個小地方來的孤窮小子啊。

這樣一個年輕人，想要征服高門貴冑如雲的京城，難度可想而知。然而那一年張九齡異常自信。在跋涉途中，他寫下了意氣風發的詩句，勉勵自己要珍惜青春、兌現天賦：

念別朝昏苦，懷歸歲月遲。
壯圖空不息，常恐鬢如絲。
——〈初發道中寄遠〉

張九齡的自信，不是憑空而來。孩提時的他便十分聰慧，飽讀詩書。

他尤其喜歡屈原和《楚辭》。屈原是南方楚國人，詩裡經常寫到南方的植物，如丹橘、蘭草、桂花……這些都是張九齡最愛的花草。

據說兒時的張九齡還曾在曹溪拜訪了禪宗六祖慧能[2]。慧能親切地撫摸了他的腦瓜，說這娃娃是個奇童，今後要成大器。

到了京城，張九齡初上試場。主試的考功員外郎乃是鼎鼎大名的沈佺期，當時最負盛譽的詩人。一試之下，張九齡立刻得到沈佺期的激賞，一舉高第[3]。

然而意外卻發生了。不久，主試的沈佺期被指責考功受賕，意思是收受了賄賂，一時間謗議橫生、輿論沸騰，張九齡也暫時回到了嶺南家中。

這一波折讓張九齡始料未及。那時，一個嶺南孩子能得中進士是十分不容易的。好不容易逆天改命，卻莫名其妙地遭遇弊案，心情之壓抑不難想像。這大概也是張九齡人生中的第一次重大迷惘。

困惑踟躕之中，年輕的張九齡冒出了一個想法：我要去問一個人。

二

長安三年（七〇三），就在張九齡應試歸鄉後不久，當世的文壇明星、鳳閣舍人張說流貶欽州，途經張九齡的家鄉韶州。

這是又一個熟悉的名字，在上文中也曾亮相過的。此時張說還不是宰相，只是個失意的貶官。

張說被謫，乃是觸怒了武則天所致。當時武則天的寵臣張昌宗等人要誣陷大臣，張說不肯配合。武則天頗感惱怒，小張誣陷個人不容易，老張你咋還不配合呢。於是張說被貶。

在韶州的張九齡立刻前去求見張說。二人一見如故，談得十分投緣。張九齡相貌英挺、文章出色，很得張說的好感，何況兩人又是張氏同宗，更顯得親近。當時他倆都不會預料到，這會是盛唐前後兩代文壇宗主的會面。

兩人具體聊了些什麼今日已無法確定，但張九齡想必會說到那場科舉弊案。他陳述了自己所面臨的窘境，誠懇地向張說請教：我該怎麼辦？張說也一定會給出真誠的回答。

一段時間後，科舉謗議事件有了結果，朝廷安排重試。或許是因為張說的欣賞和鼓勵，張九齡調整了心情，走出了低谷。重試就重試吧，考一次不行，那便兩次；上一位考官沈佺期認可了不算，那就再征服下一位考官，一直考到大唐再沒人能主考為止。張九齡自信有這個實力。

本文的標題是〈張九齡的三個關鍵詞〉，他人生的第一個關鍵詞便是自信。就像孟子的那句「當今之世，捨我其誰也」，既然還沒強大到讓世界都相信我，那我便做第一個相信我的人。

顧城有一首詩，名字就叫〈自信〉，有幾句是這樣的：

你驕傲地走著
一切已經決定
走著
好像身後
跟著一個沮喪得不敢哭泣的
孩子
他叫命運

此刻，張九齡就是一個這樣驕傲行走的人。這也是盛唐詩人與生俱來的基因。在後來的李白、杜甫、孟浩然的身上，也能看到類似的自信。

再次抵達京城，張九齡昂然重上考場。此次重試規格更高，主持的是宰相李嶠，此公也是文壇巨擘，與崔融、蘇味道、杜審言並稱「文章四友」，名重一時。重試結果是張九齡「再拔其萃」，又以文才和風度征服了李嶠，也證明了當年沈佺期的眼光毫無問題。

朝廷一看可不能再考了，再考下去，怕都派不出考官了。

於是張九齡順利出仕，擔任祕書省校書郎。年輕的他寫了這樣一首詩，[4]作為自己的出道宣言：

君有百鍊刃，堪斷七重犀。
誰開太阿匣，持割武城雞。
竟與尚書佩，遙應天子提。
何時遇操宰，當使玉如泥。
——〈贈澧陽韋明府〉

這首詩是張九齡送給朋友韋明府的，所謂「明府」就是縣令。[5]表面上，張九齡是在稱讚朋友的寶刀鋒銳無比，能一刀切斷七重犀甲，只待風雲際會，便要削金斷玉、大展鋒芒，事實上這也是青年張九齡自信昂揚的寫照。一柄寒光四射的寶刀，便是他的自況。

數年後，張九齡又迎來了一個機遇。太子李隆基權柄日重，亟須選拔一批人才充實班底，於是舉行選拔，並親自策問。張九齡又得了優等。

這一步非常關鍵，張九齡等於是成了李隆基親自提拔的年輕幹部，苗紅根正、潛力無窮。自信這個詞，伴隨了張九齡出道的第一個十年。這十年間，他在試場予取予求、所向披靡；升遷雖然不能說迅速，但重大的關節都沒有錯過。況且，那位十分欣賞他的前輩張說已經回到朝廷，重新得到了重用，步步高升。對於張九齡來說，可謂是天時與人和兼具，未來一片光明。

誰料在接下來的十餘年中，張九齡卻連續遇挫。

三

開元四年（七一六）後的這十餘年，是唐朝國力蒸蒸日上、士人大有可為的時期，張九齡卻先後兩次被貶。

第一次是因為和宰相姚崇的齟齬。張九齡當時擔任諫官，因為個性耿直，老愛提意見，讓姚崇很不開心。再加上姚崇和張說本就有矛盾，這使得他更難接納被認為是張說一系的張九齡。開元四年秋，張九齡因「封章直言，不協時宰」，託病返回嶺南老家。

數年後，他得到機會起復，一度被重用，在吏部負責選拔評定人才。這段時間裡，他做事為人都很公允，很得眾人信服，被拔擢為中書舍人內供奉。

然而不久他又因張說的事被牽連了。開元十三年（七二五），唐玄宗李隆基東巡舉行封禪大禮，隨侍的官員由張說負責任命。張說任用了一批私人，破格給他們五品官。張九齡力諫此舉不妥，張說不聽，終於被政敵彈劾而罷相。張九齡也遭牽累，被外放為冀州刺史。

冀州離鄉太遠，張九齡母親年老，不願跟隨赴任。這也是可以理解的，在唐朝，一位年邁的廣東老太太確實不容易適應北方的生活。

張九齡上表請求罷官回嶺南老家，奉養老母。於是朝廷讓他改任洪州都督，治所在江西南昌，好歹離嶺南近了些。不久後他又被調往更南的桂州。

這十多年間，張九齡在大唐的南北兩端浮浮沉沉、來來往往，一會兒是京城裡的達官，一會兒又被趕回嶺南老家種菜。

對自己的能力，他仍然自信，但也時常感到人生無常，許多事情僅靠自信無法改變。他常常慨嘆、調侃自己的戲劇人生。在老家種菜的時候，他寫了一組非常感慨的詩，題目很長，叫〈園中時蔬盡皆鋤理唯秋蘭數本委而不顧彼雖一物有足悲者遂賦二章〉。其中一首是這樣的：

場藿已成歲，園葵亦向陽。
蘭時獨不偶，露節漸無芳。
旨異菁為蓄，甘非蔗有漿。
人多利一飽，誰復惜馨香。

這首詩描寫的主角是蘭草，有幾句貌似不好懂，但其實並不難。「場藿」指栽種的豆苗。「園葵」即葵菜，也是古人常吃的菜蔬。「旨異菁為蓄」是說蘭草不能食用。一般古人把貯存的美食叫作「旨蓄」，譬如北方的冬儲大白菜。

詩的意思是：豆苗已經成熟了，葵菜也欣欣向榮，只有那幾株蘭草漸漸枯萎，沒得到好的照料，失去了芬芳。以世俗的眼光看，蘭草既不能貯存起來做食物，又不像甘蔗有甜美的漿汁，眼下人人都只追求實用，無利不起早，誰還憐惜幾株蘭草的馨香呢？

運命不順，發發牢騷是難免的。但倘若只有惆悵牢騷，那就不是張九齡了。

除了前文所說的自信，他還有另一樣優秀品質，那便是哪怕身處逆境，也總能夠堅持做自己認定的事。堅持，便是他人生的第二個關鍵詞。

這個詞看上去平平無奇，實則不然。自信，乃是對人生高度的想像力；而堅持，則是在人生低谷裡的爆發力。

張九齡的這一特質，或多或少也是由於張說的濡染。張說本人就是幾經浮沉，先後三次拜相。某種程度上說張九齡也繼承了這一點。

燕居嶺南期間，張九齡認定了一件極有意義的事：開鑿大庾嶺路，打通這嶺南出入中原的要衝。這是一件造福百姓的大實事。

大庾嶺又名「梅嶺」，位於今天廣東南雄的北部，號稱「五嶺之首」。在當時，大庾嶺路十分艱險陡峭，所謂「人苦峻極」，南來北往的商旅無不吃盡苦頭。當初大詩人宋之問被貶經過，就曾留下一首著名的〈度大庾嶺〉：

度嶺方辭國，停軺一望家。
魂隨南翥鳥，淚盡北枝花。
山雨初含霽，江雲欲變霞。
但令歸有日，不敢恨長沙。

宋之問的詩寫得這樣辛酸、痛切，也離不開險峻的大庾嶺路的助攻。

張九齡作為嶺南人，比誰都明白大庾嶺路有多難走。他說幹就幹，親自勘查，督率民工修出了一條新路。和舊路相比，這條凝聚了張九齡無數心血的新路要平坦寬闊得多，安全性也倍增，大大方便了來往的行人、商賈、郵驛。

這條路後來經過多次補葺，一直使用到近代，張九齡可謂造福了後世上千年。後輩詩人每走過這條梅嶺道，都要情不自禁地留詩讚美他。清代人杭世駿有〈梅嶺〉詩云：「絕險誰教一線通，雄關橫截嶺西東。……荒祠一拜張丞相，疏鑿真能邁禹功。」把張九齡的功勞和大禹並列。

此等功勞當然也被朝廷看在眼裡。李隆基坐不住了：路修好沒有？修好了就快回來，朕正處於事業的上升期，大唐需要你！

十多年中，張九齡幾落幾起，先辭官歸嶺南，又因修路有功被起復；後來遷洪州、桂州，又被召還京。為什麼會有這樣戲劇性的經歷？究其本質，其實是李隆基這時仍在勵精圖治，需要人才。張九齡，從來就沒有真正脫離他的視野。

再往根本裡說，還是因為時代仍是處於上升的週期中，做事、創業仍然是主流，朝堂的風氣也還比較清正，對張九齡沒有根本性的不相容，所以才能有一次次回還的機會。

開元十九年（七三一），張說去世了。作為一代文壇宗主，他有行事率性、剛愎自用的一面，但對張九齡的賞識和抬舉一直都是真誠的。

此時的張九齡也已成長為內定的宰相接班人，先任副部長級的工部侍郎，很快又兼知制誥，起草皇帝文書。旋即玄宗又任命他為中書侍郎，相當於副相。

不多時，張九齡遭逢母喪，返回嶺南老家丁憂。不過數月，玄宗就下旨奪情，任命他為中書侍郎加同中書門下平章事，等於是拜相。剛過完年的張九齡不得不星夜奔馳，返回長安上任。

開元，這個中國歷史上最負美譽的時期，在繼姚崇、宋璟、張說等人之後，終於迎來了它的最後一位賢相。中國的詩壇也迎來了一位極有作為的宗主。

四

前文，我們說了張九齡的許多人生故事，它們大都是關於官場升遷的，和詩歌、文學無關。到這裡就要說一說文學了。

有人會問，你頻繁提到張九齡是「文壇宗主」，但看之前列舉的他的幾首詩，雖然不能說徒有虛名，也不見得就驚世駭俗、藝蓋當代。[6]那他究竟為什麼是「宗主」？究竟什麼樣的人才能叫「文壇宗主」？

張九齡的詩歌，後文再專門論述。先回答這一問題：在唐代，什麼樣的人才配得上叫「文壇宗主」？

答案是：不但自身要有高超的文學造詣，還要關心文學、愛護青年，勇於提攜後進。

他本人未必要是花圃裡最絢麗奪目的那一株花，但卻必須是一株參天大樹，無私地為後輩詩人提供蔭涼、遮蔽風雨，讓他們茁壯成長。眼下的張九齡，還有未來我們會提到的韓愈，都是這樣的參天大樹。

這些年來，張九齡一直在提攜後輩。不誇張地說，他所關懷、提攜過的後輩詩人，開列出名單來，簡直就是半個盛唐。

比如年輕人王維，因瑣事獲罪，被貶濟州，陷入困頓之中。張九齡十分欣賞王維的才氣和人品，特意召他回京，拔擢為右拾遺。王維於是終身感激張九齡。

另一位詩人孟浩然，個性孤高，命多乖舛，終身沒有得到仕進機會。張九齡卻很欣賞這位布衣詩人，常和他互相唱和。後來自己調到荊州工作，特意召孟浩然到身邊做從事。

詩人包融，名列「吳中四士」，與賀知章、張若虛、張旭齊名。此人也得到了張九齡的賞識，獲得了提拔。

另一位詩人盧象，在開元年間頗有影響，一度和王維、崔顥比肩，崔顥就是著名的〈黃鶴樓〉一詩的作者。張九齡非常器重盧象，也拔擢了他。

還有王昌齡、皇甫冉、李泌、裴迪、儲光羲、綦毋潛……這許多盛唐詩人都不同程度得到過張九齡的關照。王昌齡半生的沉浮起落都是和張九齡掛鉤的。他仕途比較舒心的時候正是張九齡當政時期，此後張九齡遭貶，王昌齡也很快被貶逐。後來，王昌齡一度長期在荊襄盤桓，這也離不開在荊州工作的張九齡的照拂。

翻讀盛唐人的詩歌，字裡行間常常看見他們對張九齡的愛和感念，如同孩子們寫到可敬的班主任。

比如王維的〈獻始興公〉，「始興公」就是張九齡。這是一篇發於肺腑的仰慕之言：

寧棲野樹林，寧飲澗水流。
不用坐粱肉，崎嶇見王侯。
鄙哉匹夫節，布褐將白頭。
任智誠則短，守任固其優。
側聞大君子，安問黨與讎。
所不賣公器，動為蒼生謀。
賤子跪自陳，可為帳下不。

感激有公議，曲私非所求。

王維在詩中說，我自己本是一個喜愛隱逸的低欲望之人，生就山野之性，安貧樂道，不熱衷功名利祿。這倒也確實是王維的性格，並不是他自我粉飾。「不用坐粱肉，崎嶇見王侯」這兩句中，「粱肉」是指精美的食物，「崎嶇」在此是指奔波勞苦。王維的意思是自己本不願為了一點名利而奔波，寧願過清苦自適的生活。

讓自己重新燃起鬥志的正是張九齡，因為他是「大君子」，行為高潔，從不結黨徇私。「所不賣公器，動為蒼生謀」，這是對張九齡政治人格的極高讚譽。王維說，自己雖然性格疏野，也甘願追隨張公左右，滿腔崇敬可謂溢於言表。

甚至杜甫也想投詩給張九齡，只不過因為年紀實在太輕（杜甫比王維小十一歲，比孟浩然小二十三歲），加上身分階層懸殊，沒得到合適的機會。杜甫後來專門寫詩說「向時禮數隔，製作難上請」，表達了對無緣和張九齡相識的深深遺憾。

何以張九齡這樣熱心關愛年輕人？一個原因大概就是張說。

他無法忘記，自己作為一個偏遠地方的孩子，所謂「嶺海孤賤」，是怎樣得到了張說的熱情關懷，一路被無私提攜。

他也忘不了張說如何在朝堂上毫不避嫌地大聲誇獎自己，說他是「後出詞人之冠」。

一個品格美好的人，會放大世界對自己的善意。當張九齡身居高位之後，他就效仿張說，把這份熱情傳遞給了王維、孟浩然、王昌齡、包融、綦毋潛等後輩。

五

一轉眼已是開元二十三年（七三五）。盛世的到來，似乎水到渠成，如同張九齡親筆所記錄的：「三年一上計，萬國趨河洛。」

站在長安的高處，宰相張九齡的目光似乎越過了八百里關中平原，看著他為之付出心血的整片國土。

他看到了遼闊的耕地──「高山絕壑，耒耜亦滿」，到處在忙碌耕種；他看到全國人口向史無前例的資料邁進；看到南來北往的交通要道上，使者和商旅絡繹不絕；看到長安街頭熙熙攘攘，隨處可見波斯[7]、大食、日本等國的舞蹈、音樂和工藝品；他看到了民生的改善、物資的富足，像後來杜甫的詩歌所回憶的：

> 憶昔開元全盛日，小邑猶藏萬家室。
> 稻米流脂粟米白，公私倉廩俱豐實。
>
> ──〈憶昔〉

然而盛世也往往帶來一樣東西，那就是驕傲。

唐玄宗驕傲了起來。端詳著漂亮的成績單，他志得意滿，覺得過去工作太努力了，該給自己放一個長假了，無限長的那種。

張九齡依舊剛直不阿、直言切諫，然而朝堂的風氣卻變了，迎合上意、吹牛拍馬漸漸成為主流。阿諛奉承的人在唐玄宗身邊日益增多，影響也越來越強，比如李林甫。此人最大的本領就是不斷打擊和構陷勸諫者，同時告訴唐玄宗好好放假、享受人生。

有一次唐玄宗打算從洛陽返回長安，有人勸諫說天子出行儀仗浩大，會影響沿途秋收，不如等冬天再回。李林甫揣摩上意，說天子在自己家溜達還需要考慮時間嗎？您愛回就回唄。玄宗大悅，立即安排回程。類似這樣的事情比比皆是。

三年前，耿直愛諫的張九齡在唐玄宗眼裡還是能臣，然而此刻他卻變得面目可憎，成了自己享受生活的絆腳石。

開元二十四年（七三六），在宰相任上的最後一年，張九齡履行了人生中最重要的一次勸諫，甚至也是整個唐王朝歷史上最關鍵的一次勸諫，沒有之一。有一個將領叫安祿山，打了敗仗，按律當斬。唐玄宗卻想要饒過他。張九齡上疏力陳安祿山品行不良、久必為患。唐玄宗非常不悅，執意放過了安祿山，還嘲諷張九齡過於自負，並且可能懷有私心。

如果能夠穿越，未來的唐玄宗一定會選擇穿回開元二十四年，把當時的自己猛打一頓。可惜歷史沒有如果。

終於，唐玄宗對張九齡的耐心耗盡了，斥責他「慕近小人，虧於大德」，對其進行了一番公然羞辱，並把他貶逐到荊州。朝中的宰相班子成了李林甫和牛仙客。

這不但是一個政務和品行上很糟糕的組合，哪怕就以文化程度而論，也是唐朝建立以來最低能的一個執政班子。李林甫固然不學無術，鬧出過無數文字笑話，比如把「弄璋」錯寫成「弄獐」，而牛仙客也是目不知書。

宋朝人為此專門寫了一首諷刺詩：

金殿千門白晝開，三郎沉醉打毬回。
九齡已老韓休死，明日應無諫疏來。
——晁說之〈題明王打毬圖〉

朝廷變天了，老宰相韓休已故去，現下的宰相張九齡也老了、失勢了。明天應該是沒人勸諫提意見了吧？三郎李隆基可以肆無忌憚開開心心地打馬球了！

對於盛唐的轉衰，學者李劼曾經有個論斷：「詩家過於興旺，國家就會變得文弱。」他認為盛唐的中衰是因為詩人太多了，並說古今中外莫不如此。

這種武斷的歸因聽上去很痛快，但其實恰恰是弄反了，忽視了歷史的真相。事實上，「安史之亂」前夕掌握國家權力的根本沒有一個詩人，反而是最沒文化的一幫人。

在帝國中樞，真正的詩人張九齡早被趕走了，朝中的李林甫、牛仙客，以及後來的國舅楊國忠、宦官邊令誠，哪一個是詩人？[8]他們甚至認字都費勁。大唐在文化昌盛的時代居然能選出這麼多沒文化的高官，也真算是難為玄宗了。這些人搞垮了帝國，關詩人什麼事呢？

六

年近六旬的張九齡踏上了貶往荊州的路途。

從長安到荊州，要穿越秦嶺，通過著名的商於古道。這條路在唐詩裡叫「商山道」，後文中我們還會多次遇見。這一路上，因過多的來往使者佔用了運力，驛站裡馬匹不夠，使得張九齡的行程更加艱難。

他還強烈地感覺到，這一次的離開和之前都不一樣。這倒並不是因為年紀大了，儘管他的身體確實漸漸羸弱，此前上朝時就已有些拿不穩笏板[9]，但更大的不同是環境變了。

之前的朝堂，固然也存在派系、政爭，好比姚崇和張說就不和，但那並不是兩種人格的抵牾。無論姚崇還是張說，本質上都不是阿諛奉承之徒，都不會通過故意迎合、放大上位者的惡來博取晉升。

而此刻的朝堂，劣幣驅逐良幣已然成風，唱讚歌、說假話成了主流，正直的品格與幹事的能力已經不被容許。

更弔詭的是，此刻唐朝表面上仍然繁榮，承平治世仍然持續，少了一兩個說真話的張九齡，似乎沒什麼大不了的——就算折騰上幾年，難不成盛世的天還能塌了？

在時代的洪流面前，張九齡有種沉重的無力感。

這個世界上，無論你意志多強大、才能多卓越，仍然有許多事會超出個人的能力。憑藉個人的奮鬥，固然可以完成許多壯舉——小鎮青年可以衝出嶺南、征服長安，險峻無比的大庾嶺路也可以鑿通；然而單憑個人意志，對抗不了時代的風氣，挽救不了歷史的拐點。

張九齡想到了張說，那個早已遠去的蒼涼背影。

燕公啊，你言傳身教，曾給過我兩個關鍵的答案：自信與堅持。它們確實幫助我走過了許多的路，使我無數次闖過逆境。

可眼下，我覺得光靠自信和堅持已經沒什麼用了。我的意志已然消沉、低落，精神正在滑向虛無。

你還能不能告訴我，在個人無能為力的時代，唯一能做的是什麼？那第三個關鍵詞又是什麼？

注釋

1（編注）近年中國大陸網絡用語，指出身小城鎮、擅長應試教育但缺乏社會資源的青年學子。多自嘲透過實作大量考古題考入名校，卻因文化資本不足而在職場或社交中面臨困境，反映教育資源與階級流動的議題。

2 見熊飛《張九齡大傳》。作者熊飛在《大正藏》第五十一冊《傳法正宗記》一書中發現的這樁軼事。

3 唐人徐浩所撰〈唐尚書右丞相中書令張公神道碑〉載：「考功郎沈佺期尤所激揚，一舉高第。」

4 熊飛《張九齡集校注》及《張九齡大傳》將此詩繫於張九齡制舉後任校書郎期間，本文也採此說。熊飛先生認為，校書郎職位卑微，張九齡為此抑鬱不歡，所以有「誤登射策之科，忝職藏書之閣」的抱怨，本詩也存怨艾之意。個人以為，這個職位是慣例常見的進士起步崗位。不少詩人都是從校書郎做起的，如之前的楊炯、稍晚的王昌齡，再後來的劉禹錫、白居易、杜牧等都是如此，或許談不上輕賤棄用。竊以為張九齡「誤登射策之科，忝職藏書之閣」的話應當是一種低調和謙虛，和今天人們說「在下無才無德，僥倖得到這個職位」的意思差不多。

5 一說韋明府是澧州刺史韋潛。

6 這裡借用金庸《天龍八部》第四十二章語：「見面不如聞名！（姑蘇慕容）雖不能說浪得虛名，卻也不見得驚世駭俗，藝蓋當代。」

7 六五一年，波斯薩珊王朝被大食（阿拉伯）所滅，但其與唐朝的文化交流一直沒有斷絕。波斯王子卑路斯此後長期接受唐朝庇護，唐朝還一度建立了波斯都督府。這種文化上的勾連一直延續到唐末。晚唐詩人李珣就是波斯後裔，其兄妹三人都會寫詩。

8 唐人封演的《封氏聞見記》記錄了一個故事，可見楊國忠的城府底蘊遠不如李林甫。此前國子監生們巴結李林甫，給他立了塊碑，被李林甫厲斥。諸生怕出事，連夜把碑扒了。結果等楊國忠當了宰相，立起新碑自誇，京兆尹鮮于仲通撰文，唐玄宗還親自改了幾個字，立碑時這幾個字被填成金字。時人諷刺說：「天子有善，宰相能事，青史自當書之。古來豈有人君人臣自立碑之禮？亂將作矣。」後果然安史變起，天下大亂。

9 傳說張九齡創造了裝笏板的「笏囊」，一度引起百官效仿，成為當時的時尚潮流。宋王之道有詩：「九齡風度高難挹，舉世紛紛漫笏囊。」但也有一種說法稱張九齡其實是身體不好，拿笏板吃力。

孤鴻海上來

孤鴻海上來，池潢不敢顧。

——張九齡

荊州城，天宇空曠，萬籟無聲。

年近六十的張九齡登上百尺層樓，凝望滔滔的江水，各種念頭紛至沓來。荊州即是江陵。看見蜿蜒的古城垣和斑駁的磚牆，他百感交集。

這是一個充滿故事的地方。一百多年前，梁朝在這裡被西魏滅國，梁元帝於投降前點火焚書，燒掉了珍貴藏書十四萬卷。梁朝的大詩人王褒也做了俘虜，被挾持北上，留下了「秋風吹木葉，還似洞庭波」的憂傷詩句。

如今，這一切遺跡已然無存，現下是繁盛的但又讓人憂心忡忡的唐王朝。

到達荊州後，張九齡來不及休整，就給唐玄宗上謝表，措辭非常謙卑，把自己說得一文不名。

他說「在臣微生，有若螻蟻，身名俱滅，誠不足言」，語氣近乎永別。他明白，自己已經沒有什麼回去的機會了。在李林甫等人的把持下，朝廷的政治空氣日漸污濁，已容不下他。

然而張九齡大概想不到的是，這一次來到荊州，非但沒有「身名俱滅」，反而有了一番新的功業，那就是詩歌。當他雙腳踏上荊州大地的時候，唐詩，又來到了一個關鍵時刻。

政治，且留給李林甫們去操弄吧。此時此刻，似乎有一陣風雲激盪，有宏偉的鐘聲悠悠響起。宰相張九齡退場了，詩人張九齡將成就完全體。

他將會把自己一生的所感、所遇寫成一組新詩。這組詩，將超過他之前的幾乎所有創作，達到個人藝術的真正高峰。這組詩歌就叫作〈感遇十二首〉。

我們來讀其中最重要的幾首：

蘭葉春葳蕤，桂華秋皎潔。
欣欣此生意，自爾為佳節。
誰知林棲者，聞風坐相悅。
草木有本心，何求美人折。

——〈感遇十二首〉其一

這是〈感遇〉開篇的第一首，它描寫的主角是兩樣美好的植物：蘭花和桂花。

在春天，蘭葉茁壯茂盛；在秋季，桂花皎潔馨香。那綠葉和素華，那蕙帶與紫莖，都在自然界中搖曳生姿、自得其樂，從來不肯變心而從俗。

誰知有一些「林棲者」，嗅到了它們的芬芳，接踵而至，乃至「求者遍山隅」，用今天的流行話語說就是突然有了熱度和流量。可是蘭桂的初心絲毫不在於此——草木的馨香本就源自天性，它們哪裡在意那些「美人」的眷顧呢？

關於這首詩裡的「美人」究竟指誰，說法不一。有人認為是指附庸風雅之徒，也有人認為是指君王或朝廷。不管怎樣，蘭桂是不會汲汲於營求美人攀折的。就像從當初青春的嶺南少年，到如今六旬的遠謫吟者，張九齡始終是那個張九齡。

這首詩的影響非常大。清代蘅塘退士編《唐詩三百首》，它被列為開篇第一首。可見在蘅塘退士的心目中，這首詩能代表唐詩的品位和格調，也能代表有唐一代詩人的境界與神采。自此之後，不知有多少詩歌愛好者嘗試著翻開《三百首》，和這首〈感遇〉猝然相遇，在磕磕絆絆中學會了「葳蕤」這個美麗的字眼，感受著張丞相的氣度風華，從此與唐詩結緣。

這第一首〈感遇〉詩，可說還是寫得比較矜持、恬淡的。對於那些「林棲者」，張九齡稍有微諷，但也僅此而已，詩人和這個世界還沒有激烈的衝突。

然而你會發現，越往下寫，這組〈感遇〉詩就開始越激烈和深沉。如同一首奏鳴曲到達了中段，情緒開始激烈了，憂讒畏譏的意味在變重，那種被誤解、被放逐的痛感上升了，詩人的徬徨、踟躕也迸發了出來：

孤鴻海上來，池潢不敢顧。
側見雙翠鳥，巢在三珠樹。
矯矯珍木巔，得無金丸懼？
美服患人指，高明逼神惡。

今我遊冥冥，弋者何所慕！
——〈感遇十二首〉其四

一隻孤傲的鴻雁自海上而來，對那小小的池塘河潢，並不敢逗留，也不屑於回顧。側目一看，有兩隻華麗的翠鳥還待在珍貴的樹木上，洋洋得意，不知死活。難道它們不畏懼獵人的彈丸嗎？難道它們不明白美麗容易遭人嫉恨，身居要津則會引來憎厭嗎？哪像今日的我，優游事外，無欲無求，看射獵者能拿我怎麼辦呢？

當你初一讀這首詩，會覺得張九齡有點自命識趣、知機的意思，彷彿是津津樂道於自己的不戀棧，欣慰於自己的僥倖抽身，同時還竊笑「雙翠鳥」的糊塗。

可再一細品，便會發現詩人這所謂的「竊喜」是假的，簡直是連自我安慰都算不上。詩人真的沒有「金丸懼」了嗎？真的是不患人嫉妒了嗎？事實上，在表面上的僥倖之下，詩人仍然有藏不住的憂慮情緒，還有一種對奸佞小人無休止的傾軋、中傷的深深的疲憊，像他其他詩裡所說的：「朝雪那相妒，陰風已屢吹。」

然則這首詩的意味還不止於此，假如唯讀到這一層，還不算完全品出了味道。它真正的動人之處，在於更深入的一層意思：

小心翼翼的怯懦感也罷，暗暗欣喜的僥倖感也罷，憂讒畏譏的恐懼感也罷，都還只是這首詩的表面。

它的靈魂裡仍然是一種高貴感——我仍然是一隻遺世獨立的傲岸孤鴻，我對自己的這一認知從來都沒有變過，誰也剝奪不去、侵蝕不了。

「入不言兮出不辭，乘回風兮載雲旗。」這是屈原《九歌》裡的話，恰似這隻孤鴻的寫照。翠鳥固然可以得意洋洋地佔據嘉樹，弋者有時也可以肆無忌憚地中傷珍禽，但孤鴻永遠是孤鴻，自海上而來，向雲天而去，永不會放下一份矜持與高潔。這一份高貴，才是本首〈感遇〉詩的魅力。

詩，還在繼續往下寫著。這時張九齡的心緒已悄然飛到了南方：

江南有丹橘，經冬猶綠林。
豈伊地氣暖，自有歲寒心。
可以薦嘉客，奈何阻重深。
運命惟所遇，循環不可尋。
徒言樹桃李，此木豈無陰。

——〈感遇十二首〉其七

詩人在問：朋友啊，你可知道丹橘嗎？這一種生長於江南的美好樹木，哪怕在冬季也枝葉青青。這可不是因為氣候溫暖唷，而是它本身就有耐寒的莊重品性。

這丹橘呵，它碩果累累，如此甘甜，明明可以呈給嘉賓，奈何山水重重阻隔，無法進獻。人生際遇各自不同，因果循環又哪是那麼容易參透的呢？你看這世間，人們紛紛推崇桃和李，難道丹橘就不能成蔭嗎？

這首〈感遇〉表面上是寫丹橘的。張九齡真的是深愛屈原，屈原就曾寫過一篇〈橘頌〉，說

「后皇嘉樹，橘徠服兮。受命不遷，生南國兮」，讚美丹橘的堅貞品質。

此刻，張九齡的心跨越時空，和屈原連結在了一起。他們同樣生長於南國，同樣品性堅貞、不同俗流，又同樣地被毀謗讒逐。相似的人生命運使這兩代南方大詩人都把情感傾注在了丹橘上，達成了跨越一千年的連線。

張九齡的這種寫詩手法，叫作「興寄」，就是從一件似乎毫不相干的外物寫起，將自己的感情寄託在上面，按照駱玉明先生的說法，是完成一種「情緒上的漂移」，達到一種很婉轉的效果。

張九齡有時候寫蘭桂，有時候寫荔枝、丹橘，有時又寫歸燕、孤鴻，這些事物往往有個特點，就是和他的故鄉南方有聯繫。桂花、荔枝、丹橘就都是南方的事物。張九齡好像一個會變身的精靈，在他的詩國裡化身千百，一會兒變身成皎潔的桂花，一會兒變身成耐寒的丹橘，一會兒變身成懷才不遇的荔枝，但千變萬化，演繹的其實都是他自己。

許多人曾經討論：張九齡的詩到底好在哪裡？

如果要寫成論文，這個話題至少可以寫幾萬字。此處只給一個簡略的個人回答：從詩的角度，他給了盛唐兩樣東西，一個叫省淨[1]，一個叫深婉。

用今天的話說就是，以最節省的語言，表現最闊大的境界；用最簡潔的比喻，傳達最深遠的意蘊。

如「孤鴻海上來」，如「江南有丹橘」，如「桂華秋皎潔」，如「海上生明月」，後來杜甫說張九齡「詩罷地有餘」就是這個意思。

而且他的詩不但風格清澹，氣質還總是那麼莊重含蓄，哪怕是感觸再深、鬱結再重，也依舊是怨而不忿、哀而不傷，不會失態咆哮，不會失去風度體面，這對後來盛唐幾大家尤其是孟浩然、王維都很有影響。

說完了〈感遇〉，可以聊前文留下的一個問題了：張九齡人生的第三個關鍵詞是什麼？

自信與堅持，這是他人生的前兩個關鍵詞。它們幫助張九齡度過了困境，也讓他兌現了自己的天賦，在功業上達到了很高的地步。

然而當時代不可逆地掉頭向下，遇到個人無能為力的時刻，又當如何？

在荊州，張九齡尋覓到的這個終極答案就叫作：態度。當什麼都做不了的時候，至少你還可以有態度。

他的〈感遇〉正好解答了一個極為關鍵的問題——作為詩人，該以什麼樣的態度，站在時代的面前？

大概就是：可以糾結，可以掙扎，可以保身避禍，但絕不蠅營狗苟、同流合污；把詩歌當作功業一樣去追求，一樣可以成就不朽，甚至，是更廣泛意義上的不朽。

總結一下就是：一、永遠保持內心的高貴；二、永不放棄感受和思考；三、功業可以有盡頭，而藝術沒有盡頭。

這些內容，屈原、陶淵明事實上早已經回答過了，但都不能替代張九齡的。

對後輩年輕人來說，那些古賢離得太遠了，不夠清晰可感。張九齡不一樣，盛唐的主流詩人固然大多是他的晚輩，孟浩然小他十一歲，王昌齡小他二十歲，王維、李白小他二十三歲，杜甫小他三十四歲，但另一方面，張九齡又是活生生的同時代人，他親切具體、嚴肅可愛，他不是一個抽象的遠古符號，而是一個鮮活真實的當代人。由這樣的一個人來言傳身教，意義是極大的。

一個文學的大時代需要一個典範和先驅，張九齡就恰好是這個典範。接下來，被他所深深影響的那批時代青年，王維、王昌齡、裴迪、綦毋潛、儲光羲、杜甫……都將一生懷揣著張九齡的這個答案，秉承著一顆獨立的文學之心，去面對各自的人生。

在荊州，張九齡生命的最後幾年，他召喚來了一個人相伴，那就是孟浩然。

這彷彿是在說：還記得否？我曾說過，在人生某個時段，我們終會相聚。

兩個人把臂言歡，在荊襄大地上徜徉，一起登樓、爬山、巡遊、寫詩，完成了盛唐一次溫暖的重逢。

注釋

1 霍松林先生有〈寄興遙深　結體省淨——說張九齡〈感遇〉二首〉，「省淨」是對張九齡詩非常到位的評價。鍾嶸《詩品》說陶潛詩：「文體省淨，殆無長語。」

孟浩然：一杯敬故鄉

吾愛孟夫子，風流天下聞。

——李白

多年以後，張九齡還記得那個秋月新霽的夜晚，那大概是他第一次遇見孟浩然[1]。當時是在長安，祕書省內高朋滿座，微雨剛過，月華如水，大家正在即景吟詩。孟浩然顯得非常特別，他一襲白衣，身材頎長瘦削，眉宇間還有著淡淡的疏離之色。[2]聯詩活動正到了熱鬧的時候，眾人你唱我和，佳句迭出，有的雅致，有的清幽。等到孟浩然開口了，他觸景生情，吟出了一聯：

微雲淡河漢，疏雨滴梧桐。

現場頓時一片寂靜。這清絕的詩句，讓所有人的心彷彿都停了一秒。有人遲疑問：「剛才是王摩詰吟的嗎？倒像是他的風範。」

王維連連搖頭：「不是我，這是孟襄陽的大才啊。」

張九齡也不禁為之動容。孟浩然，這個名字，我記住了。

孟浩然，襄陽人，生於武則天永昌元年（六八九）。

他的家庭是一個薄有資產的書香門第，在襄陽南郭外有一所園廬，用今天的話說就是山景花園鄉村別墅，孟浩然就在這裡長大。

少年時，他像許多同齡人一樣學習書劍，日子無憂無慮。他也喜愛遊山玩水，但卻有個特點：不愛出遠門，老在附近逛蕩。

襄陽的山水太好了，根本用不著出遠門。孟浩然家附近就是大名鼎鼎的峴山，遍布名勝古跡，三國時名將羊祜的墮淚碑就在這裡。

與峴山隔著漢水相望的是幽靜的鹿門山，傳說東漢末年的高士龐德公就在此隱居。左近還有望楚山、萬山、沉碑潭、漁梁洲等去處。孟浩然整日在這些山水中流連往返：

山寺鳴鐘晝已昏，漁梁渡頭爭渡喧。
人隨沙岸向江村，余亦乘舟歸鹿門。
鹿門月照開煙樹，忽到龐公棲隱處。
巖扉松徑長寂寥，唯有幽人自來去。

——〈夜歸鹿門歌〉

但就像那首老歌〈小小少年〉唱的一樣，隨著年歲由小變大，他的煩惱增加了。孟浩然最大的煩惱之一，就是偏偏生在了盛唐。

這個時代太亢奮、太上進了，隨處都能看見四個字：建功立業。

那時社會上瀰漫著一股樂觀向上的勁頭，人人都想著有所作為、建功立業。好比走到書店，隨處都是《姚崇論成功》、《宋璟的為官之道》、《嶺南少年張九齡》之類的成功學著作。一個年輕人可能逢人便被問：科舉了嗎？考中了嗎？怎麼還不去考啊？

這種風氣也捲到了幽靜的鹿門山。孟浩然有個最好的髮小[3]叫張子容，是個性格沖淡的人，和孟浩然很像。

這一天張子容登門來訪。孟浩然拉著友人之手說：「有你，真好。大家都去博功名，只有你陪著我。」

張子容抽出了手，尷尬一笑：「浩然兄，我是來告別的。我這就要去長安應試啦。」

送別張子容時，年輕的孟浩然深深感到了離別的痛。夕陽下的柴門前，兩個好朋友依依不捨：

夕曛山照滅，送客出柴門。
惆悵野中別，殷勤岐路言。
茂林予偃息，喬木爾飛翻。
無使谷風誚，須令友道存。

——〈送張子容進士赴舉〉

詩中說：我仍然在山林隱居，而你已經去追逐遠大的前程了。不管怎樣，我們都不要像《詩經·谷風》所諷刺的那樣友誼斷絕，而要一直做好朋友。

在這種建功立業的氛圍的影響下，孟浩然也坐不住了，也想著博取功名。有時候，時代的共鳴太強了，你會分不清一件事究竟是自己的夢想，還是環境的迴響。孟浩然就是這樣。

為了求功名，孟浩然積極準備著。他確實很努力，「閉門江漢陰」，像模像樣地買了習題、刷了試卷，專心備戰。

感覺功課已經到位，他又到湘贛一帶漫遊，結交社會賢達，和大佬們混臉熟，為自己的求仕鋪路。畢竟唐代的科舉不只靠考場發揮，往往還要看考生的名望和社會資源。

他來到了洞庭湖，見識了這裡的浩淼煙波。和家鄉的沉碑潭相比，洞庭湖太大了，孟浩然心情激盪，不由得對成功更加渴望。

當時，一代文壇宗主張說正被貶為岳州刺史，洞庭湖正是他的轄區。孟浩然寫了一首詩送給張說，表達了渴望被引薦的心意，這首詩就是流傳千古的〈望洞庭湖贈張丞相[4]〉：

八月湖水平，涵虛混太清。
氣蒸雲夢澤，波撼岳陽城。
欲濟無舟楫，端居恥聖明。
坐觀垂釣者，徒有羨魚情。

明明是一首拉關係、攀人情的詩，卻被孟浩然寫得壯絕千載，尤其是「氣蒸雲夢澤，波撼岳陽城」這一聯。

「雲夢澤」是一個先秦地名，是古時候一個巨大的湖泊群，綿延千百里，非常遼闊。在孟浩然的筆下，洞庭湖煙水蒸騰，彷彿沉睡千年的雲夢巨澤都從夢中被喚醒，訝嘆於洞庭這沸騰的力量。

岳陽城是一座雄城，南朝「侯景之亂」時，叛將侯景水陸並進猛攻岳陽[5]，仍然無法克城，最後終於大敗，可見其堅固。如此一座堅城，卻被洞庭湖的波瀾撼動，足見洞庭的浩蕩雄渾。

這一聯的力量，在整個唐代描寫洞庭的詩裡幾無對手，僅有後來杜甫的「吳楚東南坼，乾坤日夜浮」可以匹敵。

開元十六年（七二八），孟浩然即將四十歲。這幾年裡不斷有朋友登科的消息傳來：王昌齡中了，儲光羲中了，綦毋潛中了，常建也中了……

孟浩然覺得時不我待。這年冬天，他啟程前往長安應試。

漫長的秦京道上，他冒著大雪前進。儘管是盛世，但野外的冬天一樣寂寥。天空是陰沉沉的，不時有迷途的大雁在盤旋。田野上不見人煙，只有稀稀落落的鷹隼。一路上，孟浩然啃著乾糧，默默盤點著自己的技能庫：我的詩很好，我的辭賦也很工整，我一直學習很用功，我沒有什麼理由不中啊。

到達京城後，他專門寫了一首〈長安早春〉[6]，說「何當遂榮擢，歸及柳條新」，可謂信心滿滿。

然而現實卻是當頭一棒，放榜之時，左等右盼，終究是沒有自己的名字。他落第了。

孟浩然為什麼考不上，無非三個可能：裁判不公、發揮不好、名額太少。沒發揮好是完全有可能的。當時科舉不但要考詩賦，還要考對策，也就是發表對時政問題的看法。孟浩然詩才固然高絕，但未必擅長寫應試詩，策論可能也不是他的特長。

此外，由於進士名額極少，一個士子能否高中也存在很大的機率問題，甚至和才華無關。就在孟浩然應試的開元十七年（七二九），教育部門的高官國子祭酒楊瑒就反映了進士名額太少。楊瑒說，近年來天下明經、進士的指標被限制，每次不過百人，實在不夠。事實上連「百人」也是虛數，因為國子監、京兆府等大戶要瓜分相當一部分指標，留給孟浩然競爭的就更少了。

在這種情況下，考不上是常規，考上才是例外，畢竟不是每個人都是張九齡那樣的「考試怪物」。

作為落榜生，孟浩然在長安又耽了一段時間，求了不少門路，爭取著最後的機會。

夏天倏忽過去，氣候漸漸變涼，孟浩然人生最艱難的一個秋天到了。長安的秋雨是很苦人的，後來杜甫就吃過同樣的苦，所謂「長安秋雨十日泥」，杜甫為此還得了肺病。此刻孟浩然也是苦不堪言，外面秋雨連綿，屋子裡冰涼濕膩，讓他輾轉難眠。

他向權貴們投詩，訴說自己的糟糕處境。比如有一首〈秦中苦雨思歸贈袁左丞賀侍郎〉，是寫給袁左丞、賀侍郎兩個官員的，孟浩然說自己是「用賢遭聖日，羈旅屬秋霖」，有才不得用，被困在雨季，並且「二毛催白髮，百鎰罄黃金」，盤纏已然不夠，乃至於「淚憶峴山墮，愁懷湘水深」，想家想得要哭。

這首詩翻譯成後來一首流行歌曲就是：「大雨狂奔狂飛，帶著我的心碎。往事哭瞎我的眼睛，也沒有感覺。愛你愛到不能後退，走到哪裡都是崩潰。埋葬我的善良純潔，竟然是你的後悔。」

詩寫到這個地步，已近於賣慘乞憐。這袁左丞、賀侍郎不知是何人，多半是孟浩然曾努力去謁求過的，但他們也幫助不了孟浩然。

長安的吃、住、交遊都要花錢，中產階級出身的孟浩然已錢包見底，到了窮困潦倒的地步。也不知是不是被催房租，他無奈在房主牆上寫了一首詩：

久廢南山田，叨陪東閣賢。
欲隨平子去，猶未獻甘泉。
枕籍琴書滿，褰帷遠岫連。
我來如昨日，庭樹忽鳴蟬。
促織驚寒女，秋風感長年。
授衣當九月，無褐竟誰憐。

——〈題長安主人壁〉

詩中說，天越來越冷，自己卻連最粗陋的取暖衣物都沒有，有誰資助我、同情我呢？怕也是沒有。在唐代，寫過類似「題長安主人壁」題目的詩人不少，孟浩然是最辛酸的之一。

偶然地，他也有開心和高光的時刻。當時的長安詩風很盛，到處都是文學沙龍，孟浩然也有參加。僅一聯「微雲淡河漢，疏雨滴梧桐」，就讓秘省[7]所有詩人都嘆服罷筆。他證明了一件事：只要不在考場，我就是最靚的那一個仔。

抱著微弱的希望，孟浩然又打算向朝廷獻賦，以引起注意。當時唐朝有個政策，有才之士可以用投稿獻賦的方式自薦，運氣好的能得到拔擢，後來杜甫也嘗試過這條路。

精心撰寫了文章，孟浩然滿懷希望地投將進去，卻沒有迴響。

王維等好朋友大概也看不下去了，想要再幫助他一把。於是就有了一個流傳很廣的故事：王維[8]出大招舉薦孟浩然。

故事是這樣的：王維把孟浩然帶入內廷，讓他藏在床底下，見到了玄宗。玄宗也久聞孟浩然的詩名，讓他進呈詩歌。孟浩然便吟誦了一首〈歲暮歸南山〉：

北闕休上書，南山歸敝廬。
不才明主棄，多病故人疏。
白髮催年老，青陽逼歲除。
永懷愁不寐，松月夜窗虛。

這首詩是有發牢騷的意味的，特別是「不才明主棄，多病故人疏」兩句，意思是：我沒有才華，明主也拋棄了我不用；我身體多病，故人也疏遠了我。孟浩然犯了一個職場常見的錯誤：把上級主管誤當成了傾訴對象了。他忘記了玄宗壓根不是什麼知音，而恰恰是被發牢騷的明主本主。

果然，玄宗聽到這兩句詩後很不高興，說：「卿不求仕，而朕未嘗棄卿，奈何誣我！」雙方不歡而散，孟浩然失去了破格提拔的機會。人們也為此深深惋惜。

必須說句掃興的話，故事很有趣，但很大機率是後人的附會。

這個故事最早是在晚唐出現的，被記錄在唐末五代人王定保的《唐摭言》裡。後來宋代的宋祁、歐陽修、范鎮等編《新唐書》，也採信了這段材料，使它流傳更廣。

小時候我對類似的故事都深信不疑，長大後才漸漸明白多半不是真的。皇帝行止處是不大可能藏個大活人在床底下的。「明主」如果發現床底居然藏人，多半不會對不速之客的詩歌藝術感興趣，只會憤怒於警衛工作如此粗疏，把朕的命當兒戲。

中國古代傳說中，其實類似的故事非常多，套路基本都是皇帝突然到來，才子藏身床底。唐代的賈島、宋代的周邦彥、清代的紀曉嵐等都有相似的故事。周邦彥甚至還被傳成是藏在李師師的床底，整晚聽她和宋徽宗打撲克[9]。

後人為什麼要給孟浩然安排這麼個故事？怕還是因為惋惜他的懷才不遇，人們希望他好歹能見到唐玄宗，至少，能得到一個明確的拒絕。

京漂的生涯終究無法持續。離開長安時，孟浩然寫了一首詩贈給王維，字字句句都是夢想碎裂的聲音：

寂寂竟何待，朝朝空自歸。
欲尋芳草去，惜與故人違。
當路誰相假，知音世所稀。
只應守寂寞，還掩故園扉。

——〈留別王維〉

從少年時的躊躇滿志，到離京時的悵然若失，孟浩然走完了一個人生的週期。長安之行，他帶來的是書生意氣，帶走的是迷惘和惆悵，當然，還有張九齡、王維們的友誼。

有人說孟浩然太熱衷功名，沒有前輩陶淵明淡泊，在長安的不體面都是自尋煩惱。這話對孟浩然不公平。陶淵明和孟浩然的不同選擇，很大程度上是時代環境造成的，和個人品行並沒有什麼太大關係。

陶淵明生活的時代東晉後期，是一個不可為之時代，統治階層極其腐朽，文藝界也昏暗沒落。東晉名義上是偏安，但人民並沒有安穩日子，北方有強鄰威脅，朝堂上門閥權貴互相屠戮，底層還有亡命徒們瘋狂的洗劫和屠殺。五斗米道的孫恩造反，就屠戮了會稽地區，嬰兒都不能倖免。

這種情況下，士人就算出來做官也是朝不保夕。和陶淵明同時代的大詩人謝靈運、稍晚的大詩人鮑照都死於非命。在這樣的黑暗裡，陶淵明對仕途看透了、厭倦了，是完全可以理解的。

相比之下，孟浩然所處的是盛唐前期，他主要生活成長在景雲、開元年間，此時國力蒸蒸日上，文藝圈也遠比東晉開放、繁榮。由於時代的風氣是向上的，士子們感覺大有可為，張說、張九齡就是眼前明擺著的例證——張九齡這個老少邊窮地區的考生後來竟一路做到了宰相。

在這種風氣的感召下，孟浩然自然就會更渴望建功立業，同樣是科舉，難道王昌齡、王維、張子容考得，我考不得？

把陶淵明放到孟浩然的時代，他或許就會是孟浩然，反之亦然。

離開長安之後，孟浩然的生命進入了一個新的階段。他開始沉澱、回味自己的痛楚，思考接下來的人生：

木落雁南度，北風江上寒。
我家襄水曲，遙隔楚雲端。
鄉淚客中盡，孤帆天際看。
迷津欲有問，平海夕漫漫。
——〈早寒江上有懷〉

這幾年間，他開始了新一輪的漫遊，北上洛陽，東下吳越，看了錢塘、永嘉、天台的許多山水。

在浙江樂城，他和老朋友張子容重逢了。進士及第後，張子容的景況並不好，被貶了樂城尉，官越做越沒意思。這也讓孟浩然感到所謂的成功其實別有辛酸。

孟浩然明顯變了，他身上多了一種率性、放曠之氣，越來越像陶淵明。他開始調侃自己，自稱「書劍兩無成」，要「扁舟泛湖海，長揖謝公卿」，在山水裡尋找快樂。

後來襄州刺史兼山南東道採訪使韓朝宗要舉薦他，這本是求之不得的機會，孟浩然卻和朋友痛飲美酒，耽誤了與韓朝宗的約定。有人提醒孟浩然，他卻回答：「業已飲矣，身行樂耳，遑恤其他。」一喝都喝了，別的也就顧不上了。

中國詩人的創作生命裡，有一個最重要的關係，就是和權力的關係。看一個詩人最終能夠走多遠、境界有多大、成就有多高，某種程度上就看他多大程度上能對抗、消化，乃至超越這種關係。

杜甫的選擇是「愛」，把對功業的愛推而廣之，擴展成對廣大人間的愛；李白的選擇是「跳脫」，你不帶我玩那麼我也不帶你玩，咱去俗世之外尋找更縹緲的終極。而孟浩然的選擇，是故鄉。

當他踏遍千門、訪遍公卿也求證不了我是誰的時候，故鄉給了他最踏實的答案：我是個襄陽士人啊。

帶著一身風塵回到襄陽，家鄉的鹿門山愈發清晰可愛了起來。他重新聽見了山寺的鐘鳴，見到了人聲嘈雜的漁梁渡頭。踏著月色，循著當年龐德公的足跡，穿過松樹夾道的小徑，孟浩然彷彿又回到了少年時無憂無慮的狀態。

有一首詩對瞭解孟浩然非常重要，那就是〈仲夏歸漢南園寄京邑舊遊〉。那是他回到家鄉之後寫給在京城的朋友們的，是一首自陳心跡的詩，寫得真誠動人：

嘗讀高士傳，最嘉陶徵君。
日耽田園趣，自謂義皇人。
予復何為者，棲棲徒問津。
中年廢丘壑，上國旅風塵。
忠欲事明主，孝思侍老親。
歸來當炎夏，耕稼不及春。
扇枕北窗下，采芝南澗濱。
因聲謝同列，吾慕潁陽真。

孟浩然說，我曾經讀那些古代高士們的事蹟，最崇拜陶淵明[10]。而我自己呢？為了名利，惶惶不安，中年的時候拋棄了田園，去追求名位，困頓風塵。和陶淵明的超然、淡泊相比，我是多麼庸俗啊。誠然，我有盡忠事主、建功立業的志向，但回歸田園侍奉親人，不也是我追求的嗎？現在我回來了，也要像陶淵明一樣，在北窗之下安臥，在南澗旁採摘蘭草，這才是我如今嚮往的生活啊。

人生末段，孟浩然選擇了重隱鹿門，不但人隱了，心也隱了。他為家鄉寫了許多詩，在峴山、鹿門都有佳作，這導致選詩也非常難，不知道該選哪一首。經過考慮，還是選擇了這一首〈秋登萬山寄張五〉，是他在襄陽城北萬山[11]上寫的：

北山白雲裡，隱者自怡悅。
相望試登高，心隨雁飛滅。
愁因薄暮起，興是清秋發。
時見歸村人，沙行渡頭歇。
天邊樹若薺，江畔洲如月。
何當載酒來，共醉重陽節。

這是一個真正開心的孟浩然。「隱者自怡悅」在這裡不是安慰劑，是真的心安理得。時代把他像投石一樣拋擲到不屬於自己的遠方，他耗費了半生，終於歸來了。

之前我們曾說張九齡是通過〈感遇〉詩成為完全體的，而孟浩然作為詩人，進化成為究極完全體，則是通過這一首〈過故人莊〉：

故人具雞黍，邀我至田家。
綠樹村邊合，青山郭外斜。
開軒面場圃，把酒話桑麻。
待到重陽日，還來就菊花。

很多朋友不知道這首詩好在哪裡，覺得它平平無奇。用聞一多的話說，這是一首「淡到看不見詩」的詩。這是中國士人的大隱之歌，完完全全地返璞歸真，沒有了一切的花巧、炫技，甚至都沒有了率性和疏狂，唯有一片天真自然，但又偏偏意象繽紛、趣味豐足。

有唐一代許多人寫田園詩，寫來都像是田園裡的客人，孟浩然這首詩卻讀來便是山中人、村中人。馬茂元、趙昌平《唐詩三百首新編》中有一句非常到位的評點：「學陶到了此境，才算得了真諦。」你已經分不清這是陶淵明，還是孟浩然。

武俠小說裡，東邪黃藥師曾稱讚老頑童周伯通說：「你當真了不起。我黃老邪對『名』淡泊，一燈大師視『名』為虛幻，只有你，卻心中空空蕩蕩，本來便不存『名』之一念，可又比我們高出一籌了。」孟浩然〈過故人莊〉，就是隱到了已經沒有隱者，只有生活本身。它是寫給所有人的，每一個人，無論隱者還是仕者，都會想到故人的莊園，那一桌雞黍豐足的好飯，點亮一片雖不能至但心嚮往之的夢中田園。

開元二十五年（七三七），張九齡南下任荊州大都督府長史，治所離襄陽不遠。他想起了孟浩然，特意聘其為從事。孟浩然欣然赴任，陪張九齡一起祭祀、游獵、登山、看雪。

這時的孟浩然已經不是為了仕進，更多的只是陪陪老主管、老朋友。一年後，孟浩然辭去從事職務，又回了襄陽家鄉，再也沒有離開。

同時代人描寫孟浩然的詩歌很多，流傳最廣的是李白的〈贈孟浩然〉，這是一個狂士對一個隱士的頌歌：

吾愛孟夫子，風流天下聞。
紅顏棄軒冕，白首臥松雲。
醉月頻中聖，迷花不事君。
高山安可仰，徒此揖清芬。

注釋

1 據唐王士源〈孟浩然集序〉：「孟浩然……閒遊祕省，秋月新霽，諸英華賦詩作會，浩然句曰：『微雲淡河漢，疏雨滴梧桐。』舉坐嗟其清絕，咸閣筆不復為繼。丞相范陽張九齡、侍御史京兆王維、尚書侍郎河東裴朏、范陽盧僎、大理評事河東裴總、華陰太守鄭倩之、守河南獨孤策，率以浩然為忘形之交。」王士源是孟浩然同時代人，所說可信度頗高，張九齡在長安結識孟浩然，應該沒有太大問題，但至於是不是在祕省詩會上見面，眾說不一。

2 據《新唐書．孟浩然傳》載，王維曾為孟浩然畫像於亭內，此亭因而名浩然亭。有見過此畫像的稱：「襄陽（孟浩然）之狀，頎而長，峭而瘦，衣白袍……風儀落落，凜然如生。」孟浩然同時代的仰慕者王士源也稱他「骨貌淑清，風神散朗」，看來他氣質清癯應該不假。

3（編注）中國大陸北方方言，指自幼一起長大的親密玩伴。強調童年建立的深厚情誼，類似「換帖兄弟」或「手帕交」。

4 孟浩然這首詩中的「張丞相」到底是張說還是張九齡，歷來說法不一、聚訟紛紜，在此不一一援引。個人傾向於是張說。假如是張九齡，那麼詩歌的創作年代必然更晚，孟浩然後期已甚為淡泊，心態和這首詩不合。此外，張九齡並沒有在岳陽任過職，孟浩然倘若對著洞庭湖給不相干的張九齡寫詩，顯得也太牽強做作，而張說曾任岳州刺史，孟浩然投洞庭湖詩給他，順理成章。

5 時稱巴陵。

6 一說是張子容詩。

7（編注）唐代「秘書省」簡稱，掌管國家典籍、修撰史書的中央機構。職能包含圖書校勘、天文曆法，文人常藉此職踏入仕途。

8 一說張說。

9（編注）原指撲克牌遊戲，中國大陸網路用語中亦隱喻男女親密行為，因摔牌聲響與動作雙關衍生此義。

10 有注家說此處「高士傳」指晉代皇甫謐所撰《高士傳》，但現在流傳的《高士傳》裡並沒有陶淵明。所以此處只理解為泛稱，指孟浩然讀了許多古代高士的事蹟。

11 一說此詩寫於蜀地的蘭山。李景白先生《孟浩然詩集校注》認為，孟浩然雖然曾入蜀遊歷，但行蹤未到蘭山。詩中稱「北山白雲裡」，萬山在襄陽之北，符合「北山」說法。個人認為，從詩意上看，其安閒、悠然狀態更像是在家鄉寫的，詩中對景物表現出親切熟識的狀態，也不像是遠行旅途中所作。故此處仍作「萬山」。

沒有我，你們開不了場

現在，盛唐前期的詩壇已經登場了兩位巨擘：張九齡、孟浩然。好比武林大會，聚義堂上，燭焰飄搖、香煙馥郁，大幕已然拉開，兩位江湖大佬已在前台從容就座。

然而儀式卻遲遲不開場，因為還空著一把椅子，代表著仍有一位重要人物未到。

不少追星族都是來瞻仰這位神祕人物的，紛紛伸長了脖子等待，其中有個年輕人叫高適，也在人群裡候著。

「季淩何時能到？」台上張九齡問。旁人都搖頭：「他喜愛周遊天下，如神龍見首不見尾，忽而涼州，忽而薊北，遊蹤難覓啊。」

張九齡微笑：「那便再等等吧，缺了他，我們開不了場啊！」

這位神祕又不可或缺的人物，叫作王之渙。

關於王之渙，我們從一座著名的古代樓閣——鸛雀樓說起。

畢竟，千百年來，他的名字已經和鸛雀樓聯繫在了一起，不可分割。

鸛雀樓落成於北周，是當時的權臣宇文護所建。它聳立在山西蒲州城西門外，一共三層，樓對面是中條山，樓前橫著滾滾黃河，蔚為壯觀。

到了唐代，士人們作詩成風，天下樓台殿閣無不被題寫詩句，鸛雀樓上也是才子雲集，詩人們紛紛題留，還要比賽誰寫得好，有點像武林中的華山論劍。

然則後人品評，唐代二百餘年間的無數鸛雀樓詩作之中，最好的不過三首。

第一首的作者名叫李益。或許你對此人不熟，但沒有關係，後續書中會專門說到。

李益登上了鸛雀樓，眺望蒼山大河，感慨萬端，於是揮毫潑墨，寫下了八句詩：

鸛雀樓西百尺檣，汀洲雲樹共茫茫。
漢家簫鼓空流水，魏國山河半夕陽。
事去千年猶恨速，愁來一日即為長。
風煙並是思歸望，遠目非春亦自傷。

——〈同崔邠登鸛雀樓〉

看著那揮灑淋漓的墨漬，李益嘴邊浮現出了微笑。他知道，這首詩會流芳千古。

果然，人們爭相傳誦：好，真好！一首詩寫出了寥廓江天，嘆盡了古今茫茫，真不愧是高手。

然而這首詩雖然躋身「鸛雀樓」三甲，卻遠非第一。這不怪李益，只怪唐代的優秀詩人實在太多了。

另一個詩人來到了鸛雀樓，他叫暢當。此公也寫下了一首詩，只有四句[1]：

迴臨飛鳥上，高出世塵間。
天勢圍平野，河流入斷山。

雖然只有短短二十個字，但格局開闊、氣象孤清，有一種意高神遠、俯瞰萬物的格調。它不但被許多人認為壓過了李益那首，更是讓成百上千鸛雀樓上的詩人都低首嘆服。

但這仍不是鸛雀樓上誕生的最好作品，因為還有一個詩人曾來過此地，那便是王之渙。某一年，他飄然而至，留下了那一首〈登鸛雀樓〉：

白日依山盡，黃河入海流。
欲窮千里目，更上一層樓。

這首小詩，乍一看是那麼親切平和，沒有一個生僻字，句句都平易好懂，一年級的小學生幾乎都能不費力地讀下來。

但就是這簡簡單單二十個常用字的組合，卻達到了極致的藝術效果，其中每一個字都無法替換、不能變易，它們像是從天上墜落的二十粒星，恰到好處地拼綴成了一首詩；又好比武俠小說裡，喬峰用最質樸無華的一套「太祖長拳」，打出了絕頂高妙的境界。

「白日依山盡」，那太陽彷彿是懷著眷戀的，是依依不捨的；「黃河入海流」，則又是決絕的，是無可挽留的、一去不回的。它們合起來，就是輪迴，是永恆，是自然。

「欲窮千里目」，面對這壯美景象，詩人是何等珍惜眼前此刻啊，大自然是沒有所謂「此時此刻」的概念的，天地宇宙也是不會眷戀此時此刻的，唯獨人心才有。縱然明知道光陰彈指、生命短促，詩人仍要「窮千里目」，想看多一眼、看遠一點，想去尋求更高遠的境界，看到更廣闊的風景，要在這周而復始的永恆中尋到意義。所以他「更上一層樓」，神采煥發，繼續向上去攀登。

這首小詩，意象高蹈，壯闊無垠，滿蘊哲理，還包含著一股豪情。這就是盛唐的氣象，就是盛唐一代才子王之渙的胸襟。

所以它一經誕生就迅速被傳唱，到今天已成了無數人生命中學會的第一首唐詩。

可惜的是，對於王之渙本人的生平，我們知道得卻極少。

對比一下，終身布衣的孟浩然已經算是記載很少的了，其生平在《舊唐書．文苑傳》中不過四十來個字。王之渙卻資料更少，兩唐書都沒有傳，其餘記載也是寥寥。

現代人對王之渙生平的瞭解，幾乎全來源於一方偶然得到的墓誌。

二十世紀三十年代，洛陽地區盜墓成風，僅北邙一帶就有大量墓誌要搶救。其中，金石學家李根源以銀洋二千元購買了唐代墓誌九十三方，重達數十噸，他託關係租到一個車皮運到蘇州，和章太炎等一起研究。

他們發現其中有一塊墓誌名為〈唐故文安郡文安縣尉太原王府君墓誌銘並序〉，上存五百四十五字，文中有這樣一段形容墓主「王府君」的話：

慷慨有大略，倜儻有異才。嘗或歌從軍，吟出塞，皦兮極關山明月之思，蕭兮得易水寒風之聲，傳乎樂章，布在人口。

寫得很明白，這位墓主歌從軍、出塞，作品居然風行一時、膾炙人口。盛唐之初，哪一位「王府君」能當得這樣的評價？研究者驚訝地發現，此人正是大詩人王之渙。

通過這篇墓誌，王之渙生平的部分謎團才幸運地被揭開。

王之渙，字季凌，其名與字應當都出於《老子》：「渙兮其若凌釋。」因為他是家裡第四子，按孟、仲、叔、季排行，故此稱「季」。

他是山西人，祖上原籍晉陽，屬於顯赫的太原王氏。他的六世祖王隆之曾經做過絳州刺史，一家人也就移居絳州。後來家族光環漸漸黯淡，官越做越小。他的祖父王德表曾做過瀛州文安縣令。文安這個地方和王之渙有緣，多年之後他自己也去了文安工作。

少年時的王之渙和陳子昂、李白很像，「擊劍悲歌，從禽縱酒」，說好聽點是遊俠，說難聽點就是提籠架鳥當街溜子。長大成人之後，彷彿靈魂裡某種東西忽然被喚醒，王之渙開始攻讀詩書，文才大進。

他曾做過冀州衡水縣主簿，還娶了縣令的女兒做夫人，從這一點看得出他多半是個上進有為的青年，否則老闆也不能把女兒嫁他。後來他遭人讒毀，辭官而去，從此優遊青山，行遍四方，足跡所至，遍及西北和東北邊塞，最遠曾到達玉門關和薊北，寫了許多詩歌。墓誌銘中說他「歌從軍，吟出塞……傳乎樂章，布在人口」，正是他的真實寫照。

五十四歲那年，王之渙又補了文安縣尉，那是他祖父曾經工作的地方。就在同一年，他因病在任上去世，結束了倜儻傳奇的一生。

關於王之渙，後世還留下了一些傳說。在衡水的寶雲寺有一大叢馬蘭，傳說是青年王之渙親手栽種。還有傳聞說這叢花草是張九齡送給他的。

又有故事說，王之渙在文安縣工作時明察秋毫，曾經通過「審狗」破獲了一起命案。

但在關於他的所有傳奇故事裡，最有名的就是「旗亭畫壁」[2]。根據唐朝人薛用弱《集異記》的記載，故事是這樣的：

長安某日，天下著小雪，王之渙和兩個朋友高適、王昌齡一起在酒樓暢飲。這兩位朋友都已是名動一時的大詩人。

推杯換盞之間，只見裙裾飛動，來了幾個美麗的梨園女子，奏樂唱曲。她們唱的都是當時最流行的詩，相當於如今的流行金曲。

有個段子說，男人之間總愛爭一個無聊的「算你厲害」。王昌齡便是這樣。他主動挑起了戰鬥，說：「我們三個都很有詩名，不如今天比一比，這些歌女唱我們誰的詩最多，就算誰最厲害。」另外兩人都沒有意見。一段千古佳話就此開場。

一個歌女首先唱：

寒雨連江夜入吳，平明送客楚山孤。
洛陽親友如相問，一片冰心在玉壺。

王昌齡微笑起來，伸指在牆壁上畫了一道：「我一首了。」

又一個歌女唱道：

開篋淚沾臆，見君前日書。
夜台何寂寞，猶是子雲居。

高適也伸指畫壁：「我也一首了。」王之渙卻只淡定地微笑著，雖然落後，並不慌張。

又一歌女開口唱了，是王昌齡的一首絕句：

奉帚平明金殿開，且將團扇共徘徊。
玉顏不及寒鴉色，猶帶昭陽日影來。

王昌齡得意洋洋地提醒王之渙：「季凌兄，我已經兩首了，你還沒開和啊。」

一直很安靜的王之渙終於表態了。他說，剛才這幾個歌女品位不高、氣質不好，她們唱的曲子怎麼能算數呢？他伸手指向最美麗的一個歌女，說：「如果她唱的不是我的詩，我就認輸。如果她唱了我的詩，那你們就拜在我座下，認我當老大吧。」

終於輪到這個最美麗的女子唱了。眾人都屏住呼吸、瞪大了眼，但見女子檀口張開，唱的是：

黃河遠上白雲間，一片孤城萬仞山，
羌笛何須怨楊柳，春風不度玉門關。

現場一片寂靜。王之渙回過頭來，微笑地看著王昌齡和高適。這首詩正是他的不朽名篇〈涼州詞〉。

我們不知道王昌齡和高適有沒有當場下拜認老大。但這首〈涼州詞〉勝出毫不意外，它確實是膾炙人口、享譽千古。

後世的批評家們曾經爭論過哪首絕句是唐朝第一。明朝的文壇宗主李攀龍說，要數王昌齡的「秦時明月漢時關」。後來的王世貞則說，是王翰的「葡萄美酒夜光杯」最好。

清代的才子王士禎不服。他選了四首詩，推為最佳。其一是王維的「渭城朝雨浥輕塵」，其二是李白的「朝辭白帝彩雲間」，其三是王昌齡的「奉帚平明金殿開」，而第四首就是王之渙的「黃河遠上白雲間」。

在後世，王之渙還有一個崇拜者章太炎。他也最愛這首〈涼州詞〉，給了四字評價：絕句之最。

其實，王之渙不但對於我們是一個神祕的存在，對於同時代的詩人來說也是挺神祕的。

高適一直崇敬王之渙。他比王之渙小十六歲，兩人算是忘年之交。有一年，高適正在燕趙之地漫遊，聽說王之渙在薊門，便興沖沖地去找他喝酒論詩，因為他們已經十年沒見了。

一路頂風冒雪地趕到，四下打聽，卻怎麼也找不到王之渙，或許他已經去遠遊了。高適惆悵無比，寫下了一首詩：

> 適遠登薊丘，茲晨獨搔屑。
> 賢交不可見，吾願終難說。

迢遞千里遊，羈離十年別。
才華仰清興，功業嗟芳節。
曠蕩阻雲海，蕭條帶風雪。
逢時事多謬，失路心彌折。

——〈薊門不遇王之渙、郭密之，因以留贈〉

意思是：這賢能的朋友啊，終於是不能見到了；我那小小的心願，也畢竟難以實現。走吧，走吧，什麼也不多說了，那思念的心，已讓我憂愁欲絕。

王之渙生平作品應該不少，但遺憾的是到今天只留下來六首詩[3]。即便把記在他名下的有爭議的都算上，也不過十九首[4]。

他在世的時候，作品「傳乎樂章，布在人口」，可惜大多數都已亡佚。後世人每當想起此事，也會產生和高適一樣的惆悵吧。

由於存世詩文數量太少，今天我們要研究他都很難——他的風格到底是什麼樣的？其餘作品的水準究竟如何？除了邊塞詩，他還愛寫什麼題材？更擅長五言還是七言？這都成了謎。

不過，即便是這僅剩下的六首詩，也多有精品。〈登鸛雀樓〉和〈涼州詞〉前面已經說了，再來看一首〈送別〉。

在唐代，「送別」幾乎是最難寫的題目之一。王之渙之前，不知道多少才子都寫過送別佳作。初唐時，王勃已經寫出了「海內存知己，天涯若比鄰」，楊炯寫出了「送君還舊府，明月滿前川」，和王之渙同時代的李頎也寫出了：「朝聞遊子唱離歌，昨夜微霜初渡河。鴻雁不堪愁裡聽，雲山況是客中過。」送別詩還能寫出新意嗎？

但王之渙卻真的寫出來了：

楊柳東門樹，青青夾御河。
近來攀折苦，應為別離多。
——〈送別〉

這首王之渙版本的送別詩，清新又自然，尤其關於一個「苦」字，真是神奇的筆法：詩人故意不寫離別的人苦，卻寫楊柳很苦，因為離別的人實在太多了、惆悵太深了，所以楊柳才苦於被攀折太多。

連楊柳都苦不勝情，又何況是離別的人呢？

他這首詩的影響力很大，後來李白把它的意思進行了延伸，寫成了另一首送別名作〈勞勞亭〉：

天下傷心處，勞勞送客亭。
春風知別苦，不遣柳條青。

李白也是說「苦」：因為春風覺得人們的離別太苦，所以不忍心讓柳條變青。柳條一青，就代表著人們要分離。這很有可能是從王之渙的詩裡化出來的。

你看王之渙這個人，哪怕只保留下六首詩，其中就有唐詩裡最好的五言絕句之一，最好的七言絕句之一，最好的送別詩之一。如果沒有這幾首詩，盛唐的天空都會減色不少。

我們不妨在惋惜中告慰自己：季凌先生能留下六首詩，已經夠了。我們已經不能要求太多。

注釋

1 這首〈登鸛雀樓〉一說原本有八句，另外四句今天仍有留存。但經過千百年流傳，大家都接受了四句的版本，覺得它更有味道。它的作者一說是暢諸。

2「旗亭畫壁」故事膾炙人口，但真實性有待商榷。比如畫壁時出現的「寒雨連江夜入吳」一詩，王昌齡作於天寶二年（七四三），等傳唱到歌女處時必然更晚。而王之渙逝世於天寶元年（七四二），在這首詩誕生之前。

3 糜果才《王之渙傳》設想了一個很有趣的故事：王之渙姨表兄為其編詩文集時，吃了香酥雞，雞骨放在燈旁，被野貓來偷食，打翻了油燈，把詩稿燒毀了。後來其姨表兄為此精神失常。

4《全唐詩》中王之渙僅存詩六首。五代後蜀韋縠編《才調集》，收錄王之渙〈惆悵詩〉十二首，〈悼亡〉一首。如果算上這十三首，則為十九首。但《才調集》中所錄王之渙詩有爭議。王士禎稱：「《才調集》載王之渙〈惆悵詞〉，容齋因之。無論其詩氣格迥異，而之渙開元時人，乃預詠霍小玉、崔鶯鶯事，豈非千古笑柄。按〈惆悵詞〉乃王渙所作，渙字群吉，晚唐人，詩載計敏夫《紀事》，今正之。」

詩家險地：從廬山瀑布到洞庭湖

上文我們說到唐詩中的一樁盛事——鸛雀樓之爭，多少年來無數詩人登樓作詩，都被李益、暢當、王之渙壓倒，而前兩者又難以和王之渙〈登鸛雀樓〉爭衡。

你或許已經發現，唐詩裡，有幾個題材是不能輕易觸碰的，因為競爭太激烈、佳作太多，尤其是被盛唐詩人寫過之後，標準太高，稍有不慎就要墜坑。除了鸛雀樓，這樣的「詩家險地」還有不少。

其中一個就是廬山瀑布。

瀑布原本並不難寫，之所以成為燙手山芋，很大程度便是因為李白：

日照香爐生紫煙，遙看瀑布掛前川。
飛流直下三千尺，疑是銀河落九天。
——〈望廬山瀑布〉

李白這一首絕句，因為境界飄逸、想像神奇，成為瀑布詩裡再不能複製的名篇。事實上李白

〈望廬山瀑布〉詩共有兩首，除了這首七言絕句，還有一首五言古體詩，裡面也有名句：「仰觀勢轉雄，壯哉造化功。海風吹不斷，江月照還空。」後人稱它「磊落清壯」，同樣不可多得。

有李白的詩在，旁人再吟詠廬山瀑布都承受了巨大壓力，一不小心就把自己搭上去了。中唐有位叫徐凝的詩人便不信邪，勇敢嘗試了一次：

虛空落泉千仞直，雷奔入江不暫息。
今古長如白練飛，一條界破青山色。
——〈廬山瀑布〉

徐凝很自信，後果很嚴重。後來蘇東坡遊覽廬山，偶然讀到了這首詩，不覺失笑，謅了一首打油詩來嘲弄徐凝：「帝遣銀河一派垂，古來惟有謫仙辭。飛流濺沫知多少，不與徐凝洗惡詩。」意為徐凝的詩太差勁了，即便廬山瀑布流水不絕，卻也不幫著他洗清他的惡詩。從此徐凝就被掛起來了。

平心而論，徐凝此人作詩還是頗有造詣的，[1]他的瀑布詩也算不上太差勁，不聲不響放在集子裡誰也不會注意。怎奈他寫的偏偏是廬山瀑布，和李白同題競爭，就被蘇東坡盯上了，拉出來一直示眾到今天。

那麼，有沒有寫廬山瀑布平穩過關的呢？張九齡是一個，因為詩著實不錯，寫的年代也早於李白，所以得到了較好的評價，後世無人挑事。

看張九齡的〈湖口望廬山瀑布泉〉：

萬丈洪泉落，迢迢半紫氛。
奔流下雜樹，灑落出重雲。
日照虹霓似，天清風雨聞。
靈山多秀色，空水共氤氳。

雄偉的水流從萬丈高空落下，伴隨著紫氣氤氳。這水流，它在植被中穿行，又從重重雲霧間灑落。陽光照耀下，它繽紛絢麗得像虹霓一樣，哪怕在晴朗的天氣裡，也讓人有風雨大作之感。這廬山是何等秀美啊，且看這水氣、這煙雲。

這首詩很工整，但又並不板滯。在比喻上，它沒有去刻意地追求奇特，但是刻劃很精細，詩意也很流動。甚至有研究者認為，這首詩能和李白「海風吹不斷，江月照還空」的瀑布詩比肩[2]。和徐凝相比，這境遇是好得多了。

除了廬山瀑布，另一個不能輕易寫的是洞庭湖[3]。洞庭湖是一個太古老的題目。中國詩歌的第一位大神屈原就寫過：

裊裊兮秋風，洞庭波兮木葉下。
——〈九歌．湘夫人〉

在唐代，洞庭讓人更加難以動筆，因為盛唐兩位詩人孟浩然、杜甫都寫過洞庭，並且寫得太精彩了。先出手的是孟浩然，他的一聯「氣蒸雲夢澤，波撼岳陽城」，可謂壯絕千古。

孟浩然這一首詩，本已足夠讓後世詩人擱筆了，然而稍晚的杜甫又作了一首，更是把洞庭湖詩的競爭烈度推到無以復加：

昔聞洞庭水，今上岳陽樓。
吳楚東南坼，乾坤日夜浮。
親朋無一字，老病有孤舟。
戎馬關山北，憑軒涕泗流。
——〈登岳陽樓〉

如果說還有哪一聯能在氣魄上敵得住「氣蒸雲夢澤，波撼岳陽城」，那麼便是「吳楚東南坼，乾坤日夜浮」了。

杜甫的筆下，洞庭湖能橫坼吳楚大地，能浮起日月乾坤，這其實不是洞庭湖的波瀾浮起來的，而是杜甫的心胸浮起來的。因而宋代人胡仔才感嘆：「不知少陵（杜甫）胸中呑幾雲夢也！」

一孟一杜這兩位巨人的詩篇問世，洞庭湖真正成了詩家險地。宋元時期的學者方回在著作《瀛奎律髓》裡說：

嘗登岳陽樓，左序毬門壁間大書孟詩，右書杜詩，後人不敢復題。

試想一下，在岳陽樓上，左邊掛著孟浩然，右邊掛著杜甫，誰還敢下筆呢？君不見徐凝還正被吊著沒放下來呢！

膽兒壯的卻也不是沒有。在距孟浩然、杜甫稍晚些的大曆年間，有一位詩人叫劉長卿，他就挑戰了洞庭湖詩。

劉長卿此人一向狂傲。唐代筆記《雲溪友議》曾記載，這人每次題詩從不寫自家姓氏，只署「長卿」二字，自負海內知名、無人不曉。因為擅長寫五言詩，劉長卿還自號「五言長城」。一個詩人，在唐代竟敢自號「五言長城」行走江湖，居然還能得善終，倒也足見其實力。許多人都熟悉的〈逢雪宿芙蓉山主人〉就是他的作品：「日暮蒼山遠，天寒白屋貧。柴門聞犬吠，風雪夜歸人。」

在洞庭湖，藝高膽大的劉長卿出手了，要以五言詩硬撼孟浩然、杜甫：

萬古巴丘戍，平湖此望長。
問人何淼淼，愁暮更蒼蒼。
疊浪浮元氣，中流沒太陽。
孤舟有歸客，早晚達瀟湘。
——〈岳陽館中望洞庭湖〉

其中一聯「疊浪浮元氣，中流沒太陽」，明顯是奔著杜甫「吳楚東南坼，乾坤日夜浮」去的，也算得雄壯，勇氣可嘉。整首詩給人的感覺，就像舉重運動員挑戰極限，舉是硬舉起來了，但腰板不直，手臂略顫，稍顯吃力。

這首詩發表後，既不出名，也未出醜，劉長卿算是全身而退。後來方回就說「世不甚傳，他可知也」，意思是連「五言長城」都不成，其餘人寫洞庭湖的遭遇可想而知。當然了，方回比蘇東坡厚道，沒有直接掛個「惡詩」鞭打。

敘述完廬山瀑布和洞庭湖的艱險，在唐詩中還有一個極難的詩題，是詩人的千古至愛，也是千古難關——月亮。

和瀑布、湖泊相比，月亮可說抬頭就能看見，引人矚目得多，寫的人也多。它成為極其難寫的題材也就很好理解。

前作《唐詩寒武紀》裡便曾講過初唐上官儀的〈入朝洛堤步月〉：

脈脈廣川流，驅馬歷長洲。
鵲飛山月曙，蟬噪野風秋。

以及王勃〈江亭月夜送別〉：

亂煙籠碧砌，飛月向南端。
寂寂離亭掩，江山此夜寒。

兩首寫月亮的詩，各擅風流，上官儀精緻雍容，王勃典雅俊秀，都是初唐的月下名篇。邁入盛唐，孟浩然〈宿建德江〉更出新意，寫出了一種極其淡遠又孤寂的月下意境：

移舟泊煙渚，日暮客愁新。
野曠天低樹，江清月近人。

最後，且讓我們的目光定格在開元年間[4]的某一個夜晚，張九齡的筆下。已經無法明確考證究竟是在洪州，還是在荊州。總之那一夜，月光皎潔、朗潤動人，張九齡心有所感，寫下了千古名篇〈望月懷遠〉：

海上生明月，天涯共此時。
情人怨遙夜，竟夕起相思。
滅燭憐光滿，披衣覺露滋。
不堪盈手贈，還寢夢佳期。

一首詩歌，當它至臻至美，達到了極其高的藝術境界之後，就已經不用賞析、不用詮釋了，這與一首至美的樂曲、一幅至美的畫是一樣的，它本身已經是情感的超導體。就好像「海上生明月，天涯共此時」，不用解釋，你只要吟誦一遍，自然就能得到美的享受和震撼。

挑剔這一首詩的話語很多，讚美這一首詩的話語更多，這裡不再贅言。只簡略說一點，我覺得這是一首精靈般的詩，是消失了一切身分、階級、性別、人生際遇的詩，是純淨到只有愛和美的詩。

但凡是唐詩，哪怕佳作，往往都是會寫進去個人的生命際遇的，這並不是什麼缺點，甚至越好的作者就越能融入自己的情感和人生際遇。

杜甫寫月亮，「星垂平野闊，月湧大江流」，剛健壯闊極了，但接下來是「名豈文章著，官應老病休」，是個人的生命際遇；王勃寫思念，「海內存知己，天涯若比鄰」，豪邁豁達極了，但詩中一樣有「與君離別意，同是宦遊人」，同樣少不了個人的生命際遇。

重申一遍，這並不是缺點，有時反而是優點，顯得詩歌有人間氣，讓抒情更有根腳。

然而〈望月懷遠〉卻不同，它純淨到了抽象的地步。

張九齡一生的詩，都是某種意義上的「職場詩」，總有一種和任免升遷掛鉤的幹部氣，〈望月懷遠〉卻沒有。這首詩沒有幹部氣、沒有貶謫氣，只是單純的思念，思念是唯一的主角，也是唯一的客體。站在明月之下的這個人，他是男人還是女人，是老人還是少年，是仕宦還是布衣，是賢士還是弄臣，乃至是張九齡還是李林甫、安祿山，都不重要；他思念的「情人」，是異性還是同性，是友人還是兄弟，是君王還是婦孺，也都不重要。

「滅燭憐光滿」，那月光太滿了、太耀眼了，已經融化掉了一切一切的社會身分和性別差異，融化掉了人類五花八門的親情、友情、愛情等所有情感之間的差異，只剩下被萃取、提純的一個共性的「相思」，一種極度濃縮、極度抽象的思念，一種人類心靈所共有的東西。

它適用於李白思念乘舟遠去的阿倍仲麻呂，適用於杜甫在淪陷中思念鄜州的太太和孩子，適用於李煜或波斯王子卑路斯思念故國，也適用於非洲一個俾格米人思念雨林中戰死的親友，或者是一個因紐特婦女思念走入冰雪去捕獵的丈夫。

詩和詩是不同的。有的詩是助燃式的，有的詩是催眠式的，有的詩是喚醒式的。而〈望月懷遠〉就是喚醒式的。

你讀「欲窮千里目，更上一層樓」或者「海日生殘夜，江春入舊年」的時候，你不大可能會想起某個具體的人。但你讀到「海上生明月，天涯共此時」的時候，你多半會想到一個人，一個甚至你都以為早已經忘掉的、遺失在了記憶的光錐之外的人。

讀著〈望月懷遠〉，不自禁地會想到王灣的〈次北固山下〉。「海上生明月，天涯共此時」，與「海日生殘夜，江春入舊年」，是那麼合榫，就像盛唐前期的日月雙璧。

詩家險地，其實也是勝地。當盛唐詩人們一抬頭，都能看見這日月，提示著他們這是最好的年華。

注釋

1 名句「天下三分明月夜，二分無賴是揚州」便是徐凝手筆，傳唱不衰。

2 清代的批評家沈德潛說：「此詩正足相敵（太白瀑布詩）。」清代胡本淵也說「清思健筆，足與太白相敵」，並且還特意選出這首詩來供人學詩入門時研讀。

3 鄭谷〈卷末偶題〉云：「七歲侍行湖外去，岳陽樓上敢題詩。」這也恰恰說明在岳陽樓上題詩是需要很大勇氣的。

4 熊飛《張九齡集校注》將此詩繫於開元四年（七一六）秋張九齡辭官後不久。這一次辭官的主要原因是和宰相姚崇關係緊張。也有注家將此詩繫於開元二十四年（七三六）張九齡被罷相後。

抓住那個王翰

人生百年夜將半，對酒長歌莫長嘆。
——王翰

「出事了，出事了！在吏部東街！」

唐玄宗先天二年（七一三），一個清晨，長安城忽然喧鬧起來，瘋傳吏部東街出了大事。幾乎每個人都在急切地問一個問題：

誰是王翰？

原來，是個叫王翰的狂徒搞了個「海內文士排行榜」，公然張貼在吏部東街，也就是長安承天門南的尚書省左近[1]。榜文將當世一百多文士劃分成九等，最高的第一等裡除張說、李邕兩位名士外，赫然還有一個就是王翰，一個二十多歲的小年輕。

這一下可炸了鍋，「觀者萬計，莫不切齒」，大夥紛紛怒罵：「如此自誇，好不要臉！」

本篇，我們便來認識一下這位讓長安士人「莫不切齒」的王翰。

王翰，並州晉陽人，景雲元年（七一〇）進士。他是個天生就貪玩又不安分的人，倘若用現在的說法，就是「頑主」。

他出身河東王氏，乃是望族之後，家裡特別有錢。盛唐大詩人裡窮鬼很多，杜甫、高適、祖詠等都曾窮過。孟浩然算是中產階級，但在長安也狠狠過了段窮日子。王翰這輩子卻幾乎一天都沒有窮過，這也成了他任性愛玩的本錢。

他家常蓄有名馬和妓樂，平時正事不幹，專愛結交豪俠、飲酒作樂，還「發言立意，自比王侯」，老瞧不上同輩人，導致「人多嫉之」。

前文所說「海內文士排行榜」，這種事兒王維、高適、杜甫都是幹不出來的。李白性格倒比較符合，卻絕不會耐煩去做這種水磨工夫。這事兒就只有王翰幹得出來，唯有他才會這樣興致勃勃、煞有介事地去搞一個上百人的「榜」。

這種狂狷之人，想要被主流接受，是極度依賴環境的，必須要遇到極賞識、包容他的人和不拘一格的氛圍才行。

幾千年古代歷史上，這樣的時代為數不多，而王翰恰恰遇到了，那就是開元年間的盛唐，以及一個同樣有個性的人——張說。

之前，並州長史張嘉貞就很欣賞王翰，給予禮遇，擺席招待。王翰毫不見外，就在席上自唱自舞，神氣豪邁。後來張嘉貞調走了，張說來做並州長史，又很器重王翰，覺得這小子高調放曠、不拘一格的脾性很對自己胃口。

一任主管喜歡他是運氣，前後兩任都喜歡他，那就是時代風氣的原因了。

開元九年（七二一），張說第二次拜相，王翰被舉薦入朝任祕書正字，又擢駕部員外郎，用今天的話說便是風口上的豬般飛了起來。後來有人認為王翰曾經出塞，就是在駕部員外郎任上。

張說門下有個特點就是才子多，王翰很快和張九齡、賀知章交往在了一起，吟詩作文，更加愉快。

或許就是這一段時間，他寫出了傳唱千古的〈涼州詞〉[2]：

葡萄美酒夜光杯，欲飲琵琶馬上催。
醉臥沙場君莫笑，古來征戰幾人回？

戰雲縱橫的邊關，琵琶聲聲急鳴，慷慨的勇士舉起夜光杯，將鮮血一般的美酒飲盡。這酸澀又隱帶著甘甜的美酒，或許淋漓到了胸前、鬍鬚上，勇士隨手揩抹，醉意更濃。倘若今番倒在沙場上，也必定是醉著死的吧？可別嘲笑我，且看古往今來的無數征戰，「去時三十萬，獨自還長安」，有幾個人能回來呢？

「醉臥沙場君莫笑」，勸你莫笑，但其實是勇士的自嘲、自笑。這是悲壯之笑，因為明知一去多半不回；亦是豪邁豁達之笑，生死關頭，還有閒情逸致痛飲，死亡只視如一場大醉。

這首詩有高度的濃縮性，王翰並沒有寫具體年代，千百年來邊關上無數老將、少年、健兒、猛士，他們最意氣飛揚的時刻，都被濃縮在這酣臥沙場的一醉之中。

然而正如前文所說，王翰這種人，需要的生存條件是十分苛刻的，一旦環境變化，他的命運就會逆轉。

數年之後，張說被罷相，還一度身陷囹圄。失去了保護的王翰立刻被貶，先遷為汝州長史，又改為仙州別駕。

歷來被貶官的都是消沉低落，王維、王昌齡等莫不如此。然而王翰卻得其所哉，照樣瀟灑玩樂。在汝州，他和另一個狂人湊到一塊兒了，就是詩人祖詠。

如果說王翰是武狂，祖詠就是文狂。此人長居汝州，一貫恃才傲物。他有個詠雪的軼事，可見其狂：科舉考場上，詩歌的考題是〈終南望餘雪〉，本來要求寫六韻十二句，共六十個字。祖詠只寫了四句就交卷了：

終南陰嶺秀，積雪浮雲端。
林表明霽色，城中增暮寒。

主考官詰問為何不寫完，祖詠答了非常炫酷的兩個字：意盡。

還有一件事也是讓祖詠的狂出了名的。當時考進士要在尚書省唱名，落第的便散去。祖詠卻吟道：「落去他，兩兩三三戴帽子，日暮祖侯吟一聲，長安竹柏皆枯死！」意謂我不是針對誰，你們各位都是廢物，待祖爺一開口要震動長安。這一次拉來的仇恨絕不比王翰的「海內文士排榜」少。

祖詠這性格和王翰恰好是一對。兩人在汝州一見如故，經常吃酒歡鬧——「日聚英豪，從禽擊鼓，恣為歡賞。」[3]朝中政敵一看，好你個王翰，美了你了，於是將他又貶去道州。

這可就苦了。之前汝州、仙州都在河南，道州卻在湘南永州，山長水遠。王翰的身體也垮了，最後死在赴道州上任途中，年僅三十九歲。

他曾寫過一首〈古蛾眉怨〉，結尾有這樣幾句：

人生百年夜將半，對酒長歌莫長嘆。
情知白日不可私，一死一生何足算。

他果真對酒長歌到了人生最後一刻，也算是兌現了諾言。

王翰在世的時候才名很盛。後來杜甫就自稱「李邕求識面，王翰願卜鄰」，把王翰的賞識當成是非常之榮耀。只可惜他的詩文絕大部分沒有保留下來，據傳他有詩文十卷，卻都散佚了，如今只存留了十餘首詩和一些殘句。

他的人生，短暫而熱烈。在他的身上，有一點謝靈運的身世性格，有一點李白的脾氣，而其作品的遭遇又很像王之渙——作者在世時明明蜚聲海內，可惜作品卻又大部分沒能留下來。

人們常常說王翰是流星劃過。我寧願換一種理解，恰恰是盛唐開元年間的多樣、包容，為王翰打開了一個時代的窗口，讓他有機會擦亮夜空，留下了光輝，被世人看見。一旦短暫的窗口關閉，他和祖詠這類人就真的隱入埃塵，什麼也不能顯現了。

注釋

1 唐封演《封氏聞見記》載：「時選人王翰頗工篇賦，而跡浮偽。乃竊定海內文士百有餘人，分作九等，高自標置，與張說、李邕並居第一，自餘皆被排斥。凌晨於吏部東街張之，甚於長名。觀者萬計，莫不切齒。」

2 譚優學《唐詩人行年考》將此作品繫年較早，認為這是開元二年（七一四）前王翰遊歷河西時的作品。

3《舊唐書．王瀚傳》載：「說既罷相，出瀚為汝州長史，改仙州別駕。至郡，日聚英豪，從禽擊鼓，恣為歡賞。文士祖詠、杜華常在座。」事實上二人在京城應是認識的，可能有過接觸，在汝州是加倍親切。

秦時明月漢時關

上文介紹了狂人王翰。事實上，「王翰」二字的出現，乃是唐詩史中的一件大事。它標誌著一種詩，或者說是一組詩人的正式登場——那就是邊塞詩人。這一點大概是王翰自己寫〈涼州詞〉時都沒想到的。

先天、開元年間，隨著國力的增強，唐朝更多地在邊疆地區用兵，東征西討不斷，一度佔據優勢局面。開元十五年至十七年（七二七－七二九），屢破吐蕃，拓地千里；開元二十年（七三二）大破奚、契丹；二十二年（七三四）張守珪又破契丹。這種背景下，一批邊塞詩人應運而生。

他們有的是仗劍旅行到邊塞，比如王之渙；還有不少本身就在軍幕之中，隨軍征戰戍守，比如岑參。他們伴隨著激越的琵琶、悠揚的胡笳登上了詩壇，他們的馬蹄常捲著朔風，衣袍常沾著邊關的塵土，卻縱酒而歌，談笑自若。

或有人問：「在大唐詩壇，標名掛號可是不容易的，你們憑藉什麼登場，並且開宗立派呢？」

他們揚起旗旌，顯現出四個蒼勁的大字：醉、月、歌、雪。

「這就是我們的憑藉。」他們說，然後又意氣飛揚，縱馬奔向前方。

第一位王翰已不必多說，「醉」字就是屬於他的。「醉臥沙場君莫笑，古來征戰幾人回？」詩中勇士的一場酣醉，早已深入人心、傳頌千古。王翰的「醉」之後，下一個「月」字屬於王昌齡。他在「旗亭畫壁」的故事中曾亮過相。邊塞詩的陣營裡，倘若說王翰是先鋒，那王昌齡就是大將、巨擘。

王昌齡是京兆人，開元十五年（七二七）進士，曾舉博學宏詞科，授汜水縣尉，後因被人毀謗，先後任江寧縣丞、龍標縣尉。人們因此常叫他王江寧、王龍標。

動人的月光，是王昌齡邊塞詩的標誌。他的作品常常籠罩在高遠又明亮的月下，詩中那些猛將、征人、思婦、胡兒的生死離別、喜怒哀樂，都往往在這月下發生：

琵琶起舞換新聲，總是關山舊別情。
撩亂邊愁聽不盡，高高秋月照長城。

——〈從軍行七首〉其二

騮馬新跨白玉鞍，戰罷沙場月色寒。
城頭鐵鼓聲猶震，匣裡金刀血未乾。

——〈出塞二首〉其二

王昌齡最為人傳唱的是一首〈出塞〉，開篇就是一輪明月：

秦時明月漢時關，萬里長征人未還。
但使龍城飛將在，不教胡馬度陰山。

這詩遼闊到了極致。第一句「秦時明月漢時關」，是時空上的遼闊，貫穿了千年。下一句「萬里長征人未還」是空間上的遼闊，縱橫了萬里。

當浩浩蕩蕩的時間猝然碰撞上遼闊無垠的空間，就像天地間施了一個大魔法，詩歌彷彿變成了電影，征人的臉龐開始不斷變換。雖然神情同樣地悲壯、堅毅，但征人的輪廓、服裝、打扮、口音卻在變，從秦人變成了漢人，變成了魏晉人，又變成十六國的涼人、燕人、前趙人、後秦人，再變到唐朝的代州人、幽州人、陽關人、玉門人。

歷史吞沒著他們的故事，掩埋著他們的悲歡，又讓他們的命運一代一代輪迴重演。

「但使龍城飛將在，不教胡馬度陰山」，這是又一種遼闊無垠——思緒上的無垠。把漢代的飛將軍[1]取到今天來備邊，真是令人心馳神搖的思緒的穿越。

於是乎，時間、空間、思緒三個維度上的無垠，讓這首詩形成了一種超驗的立體，王昌齡是時光師，是魔法師，是幾何學家。

通常來說，太過瀟灑飄逸的詩，往往是盛放不下複雜的情感的。這首詩卻例外，因為它是高維的、超驗的，雖然字詞很簡單，但內藏的空間無比巨大，能兜住極其廣闊深沉的內核。

你細咀嚼這首詩的情感，其中有報國之志，有豪邁之情，有追思古人，有悲憫士卒，甚至還有對當下的關切和憂患。寫明月，若有情若無情；對征人，似激勵似憐恤；寫戰事，既高昂又憂慮。

所以後人說到這首詩時，有說它「悲壯渾成」的，有說它「意態雄健」的，有說它「慘澹可傷」的，莫衷一是。就好比登泰山，晴天雨天登不同，清晨傍晚登不同，東側西側登不同，但泰山還是泰山，〈出塞〉也還是這一首〈出塞〉，既光輝明亮、飄逸豪邁，又深邃複雜。

它完全可以和王翰的〈涼州詞〉匹敵。後來明朝的李攀龍選唐代七言絕句，就推這首「秦時明月漢時關」為第一。

緊隨著王昌齡出場的是高適，「旗亭三友」的另一成員。

高適的一生，起伏跌宕，極為傳奇，我們後文再敘。此處只簡略說一點，他是滄州人，早年間十分困窘，要耕作謀生。他曾經北上燕趙從軍，寫邊塞詩大約也是從這時候開始的。

醉、月、歌、雪四個字，高適最擅長的是「歌」。

有人便曾注意到，高適是聲音的大師，說高適的邊塞詩建構了豐富的聲音景觀，詩中充滿了「樂舞歌哭」等以情動人的文人之音[2]。

巧合的是，他也最擅長歌行體，在同時代的邊塞詩人中，他寫詩也是感情最為充沛深沉的之一，如歌如訴。

如〈營州歌〉，這是充滿了邊塞風情的獵歌：

營州少年厭原野，狐裘蒙茸獵城下。
虜酒千鐘不醉人，胡兒十歲能騎馬。

這首〈塞下曲〉則是報國從軍的壯歌，像口語一樣明白爽利、剛健直給：

萬里不惜死，一朝得成功。
畫圖麒麟閣，入朝明光宮。
大笑向文士，一經何足窮。
古人昧此道，往往成老翁。

高適最有代表性的作品是〈燕歌行〉，這是一首邊關戰士的悲歌。為了減輕閱讀的負擔，本書一直盡量避免全文引用長詩，但高適這一首詩值得全文讀完。

這首詩寫於開元二十六年（七三八）。當時，大將張守珪在幽州與契丹、奚等部作戰，有隨軍的人寫了一首〈燕歌行〉給高適看。高適讀後非常感慨，再結合自己當年從軍薊北的見聞，寫下了這首著名的和詩：

漢家煙塵在東北，漢將辭家破殘賊。
男兒本自重橫行，天子非常賜顏色。
摐金伐鼓下榆關，旌旆逶迤碣石間。
校尉羽書飛瀚海，單于獵火照狼山。
山川蕭條極邊土，胡騎憑陵雜風雨。
戰士軍前半死生，美人帳下猶歌舞。

大漠窮秋塞草腓，孤城落日鬥兵稀。
身當恩遇常輕敵，力盡關山未解圍。
鐵衣遠戍辛勤久，玉箸應啼別離後。
少婦城南欲斷腸，征人薊北空回首。
邊庭飄颻那可度，絕域蒼茫無所有。
殺氣三時作陣雲，寒聲一夜傳刁斗。
相看白刃血紛紛，死節從來豈顧勳。
君不見沙場征戰苦，至今猶憶李將軍。

整首詩可以看作三個部分。從「漢家煙塵在東北」到「單于獵火照狼山」是第一部分，是整首詩的序曲，描繪的是勇士投身戰場的場面——邊關烽火急報，天子委以重任，男兒從軍出師，大軍跋山涉水，終於抵達戰場。

高適寫這一部分時，場面轉換極為迅速，甚至一句一轉換、一句一情節，那種緊張感排山倒海而來，襯托著刺目耀眼的「煙塵」和「獵火」，讓人呼吸為之停滯。

第二部分，從「山川蕭條極邊土」開始，到「力盡關山未解圍」結束，寫的是猛士在前線的作戰場景。

敵人的騎兵呼嘯而至，猙獰的面目分明可見。戰士拚死血戰，將帥卻醇酒美人、淫逸驕奢。終於，勇士們人困馬乏，只能暫且窮守孤城，拚到力盡也無法解圍，當初出發時的豪邁情懷已然磨損殆盡了。

高適沒有一句直接寫廝殺，全是側面的刻劃，如戰前的胡騎呼嘯，後方的美人歌舞，戰後的孤城落日、鬥兵稀少，但拼合起來就是一場龐大戰役的完整景象，其戰況之慘烈、條件之艱苦、將帥之腐敗、局面之危難，分明如在眼前。「戰士軍前半死生，美人帳下猶歌舞」，平平靜靜一句敘述，效果卻像是驚雷，飽含深沉的控訴。

詩歌第三個部分，從「鐵衣遠戍辛勤久」直至結尾，是感情的收束和昇華。

後方的妻子愁腸欲斷，奈何重重關山隔絕，音訊難通，一切的思念和牽掛都像投入了一個黑洞裡。在前線，則每天只有廝殺聲、寒夜的刁鬥聲，無盡往復，年復一年。終於，千言萬語都迸發為一句浩嘆——「君不見沙場征戰苦」，一個「苦」字，既囊括了一切，卻又似乎根本無法概括萬一。只期盼遇見當年李廣那樣的將軍，能體恤士卒、與他們同甘共苦，給這漫長寒夜帶來一點公平和溫暖。

用長篇歌行體寫邊塞詩，寫到這種程度，幾乎是前所未有的。宋代嚴羽《滄浪詩話》說：「高岑之詩悲壯，讀之使人感慨。」事實上僅僅以悲壯而論，高適還要勝於岑參。

說到岑參，他是本文出場的第四位人物。

岑參是南陽棘陽人，生於七一五年，是四人中年齡最小的，因為擔任過嘉州刺史，常被人稱為岑嘉州。他長期在高仙芝、封常清等人的軍幕中任職，多年戍守輪台，是在邊塞時間最長、體驗最深的一個詩人。

前文所說醉、月、歌、雪四個字，「雪」字是屬於岑參的。邊塞詩人個個能寫雪，但岑參寫來最變幻莫測。

〈白雪歌送武判官歸京〉是他的名篇，「忽如一夜春風來，千樹萬樹梨花開」幾乎人人能誦。他筆下的雪有時候鋪天蓋地：「劍河風急雪片闊，沙口石凍馬蹄脫。」有時又濕膩冰寒：「馬毛帶雪汗氣蒸，五花連錢旋作冰。」

岑參和高適是明顯不同的。高適的詩比較重抒情言理，所寫的意象也一般較為經典，〈燕歌行〉裡提及的煙塵、旌旆、金鼓、羽書、碣石、鐵衣、刁斗等等，都是邊塞詩中常見的經典意象[3]。岑參則不一樣，他像是一名戰地記者，特別注重新鮮的細節，尤其愛寫邊塞獨特的自然風光。別人的邊塞詩可能是想像的，岑參卻是一點一滴親見親歷的。除了飛雪，大漠、戈壁、火山、熱海，在他筆下都生動如見。他的遺詞造句也比較奇崛，往往打破常規、出人意表：

君不見走馬川行雪海邊，
平沙莽莽黃入天。
輪台九月風夜吼，一川碎石大如斗，
隨風滿地石亂走。
……

——〈走馬川行奉送出師西征〉

兒時讀到「隨風滿地石亂走」，覺得這哪裡是詩，簡直是胡鬧，到後來才體會到這種白描的真實趣味。

他寫行軍的艱難，細緻生動，像是一部紀錄片：

上將擁旄西出征，平明吹笛大軍行。
四邊伐鼓雪海湧，三軍大呼陰山動。
虜塞兵氣連雲屯，戰場白骨纏草根。
劍河風急雪片闊，沙口石凍馬蹄脫。
……

——〈輪台歌奉送封大夫出師西征〉

在唐朝之前，已經有人在努力把邊塞詩寫細緻了，僅以寫馬為例，南朝鮑照的「馬毛縮如蝟，角弓不可張」，江總的「繞陣看狐跡，依山見馬蹄」，都以細緻取勝。而岑參在細節上則又遠遠超越之。

他寫自然奇觀的細節就非常獨到豐富。看一首〈熱海行送崔侍御還京〉，詩中描寫了光怪陸離的熱海奇觀，當然，一樣有雪的元素出現：

側聞陰山胡兒語，西頭熱海水如煮。
海上眾鳥不敢飛，中有鯉魚長且肥。
岸旁青草常不歇，空中白雪遙旋滅。
蒸沙爍石燃虜雲，沸浪炎波煎漢月。
陰火潛燒天地爐，何事偏烘西一隅？
勢呑月窟侵太白，氣連赤阪通單于。

送君一醉天山郭，正見夕陽海邊落。
柏台霜威寒逼人，熱海炎氣為之薄。

這首詩是送別同僚兼朋友崔侍御的。大家臨別飲宴，正值熱海的傍晚，岑參興致勃勃地寫下熱海的奇觀：水像被燒煮了一樣，鳥兒不敢飛，海中卻居然有肥長的鯉魚，兩岸也有茂盛的青草。因為熱氣蒸騰，沙礫都為之熔消，白雪飄近就會迅速化掉。詩人好奇地發問：熱海這樣熱法，怕是有地下的暗火不斷灼燒吧，為什麼又偏偏只燒天地西邊一角呢？

結尾，為了緊扣送別的主題，岑參又幽默地把話題拉了回來：崔大人您作為御史，糾察不法、嚴如秋霜，這熱海的炎氣怕也要被您消滅了吧。

高適和岑參，是盛唐邊塞詩的雙星。如果用一句話概括，高適是言人心中有、口中無的，如「戰士軍前半死生，美人帳下猶歌舞」；岑參是言人口中無、心中亦無的，如「蒸沙爍石燃虜雲，沸浪炎波煎漢月」。倘若在今天，高適大概仍然是詩人，而岑參則未必當詩人，可能會是一位傑出的旅行作家，或是紀錄片導演。

最後，有一個問題是常被問到的：盛唐邊塞詩人，究竟誰是第一？

本文出場的這些詩人，都是巨星。有的少年早慧，如王翰；有的大器晚成，如高適。到底孰高孰下，歷來聚訟紛紜。

高適、王昌齡都屬於「旗亭三友」，相傳在酒樓上就打過擂台的，後人也為他們的詩作水準爭持不下。

王翰、王昌齡則都有詩被後人推為唐詩七言絕句第一，擁躉們也各持己見、互不相讓。

非要評判的話只能說，假如把盛唐的邊塞詩看作一齣宏偉合唱，這四人分別是不同的聲部。王翰負責的是精彩的序曲，先聲奪人；王昌齡是男高音，最清越嘹亮，高亢入雲，給人印象最深刻；高適、岑參是中音，擁有豐富的技巧，負責最主要的輸出。人人都是高手，卻又各具特色，絕不重複。

不得不提的是，這齣盛唐邊塞詩大合唱，除了以上幾大常駐主力，還有一些票友客串。李白、杜甫就都客串過，出手都很驚豔，絕不讓人失望而歸。

比如李白的〈塞下曲〉：

五月天山雪，無花只有寒。
笛中聞折柳，春色未曾看。
曉戰隨金鼓，宵眠抱玉鞍。
願將腰下劍，直為斬樓蘭。

這就是玩票玩出了專業程度的典型。

還有一位最亮眼的邊塞詩票友，雖然是客串，卻唱出了幾乎壓倒頭牌、震動行業的風采，那便是王維。他將攜著大漠孤煙、長河落日，翩翩向我們走來。

注釋

1 「龍城飛將」究竟何指，眾說紛紜。有人稱「龍城」指衛青，「飛將」才指李廣，因為李廣從未打到龍城。此說太過穿鑿，但在今天，這種「以小知為大知」很有迷惑性。古代詩歌裡人不合地、地不稱名者多不勝數。唐詩裡衛青遠不如李廣有人氣，甚至「衛霍」還被用於指代內戚。杜甫就有：「況聞內金盤，盡在衛霍室。」唐代詩人更是鮮有用「龍城」來指代衛青的習慣。有研究者退一步，稱「龍城飛將」係廣大邊將泛指，不必深究。總之是要明明地抹殺「飛將」二字。

2 見王昕宇〈論高適邊塞詩聽覺形象的生成及其文化內涵〉，《中北大學學報（社會科學版）》二〇二一年第五期。

3 高適選用意象比較經典和常見，只是相對於岑參說的，又以其最著名的作品〈燕歌行〉為代表。高適一樣有刻劃戰時和戰後比較細緻鮮活的詩作，也寫出過許多獨家的場景，後文〈公主琵琶幽怨多〉會講到。

行到水窮處，坐看雲起時

一

大唐開元三年（七一五），長安城外，人頭鑽動的窗口前，一個少年正在辦進京手續。他長得清秀俊朗，略有點瘦，風塵僕僕，行李也鼓鼓囊囊，有樂器、畫夾和一大堆書。

「姓名？」

「王維。」

「字？」

「摩詰。」

「還巨蟹呢。問你的字，不是星座。」

「我就是字摩詰。維摩詰的摩，維摩詰的詰。」

「……好吧，特長？」

「美術、書法、音樂、詩歌……」

辦事員有點不耐煩了：「說最主要的！」

「寫詩、畫畫。」王維平靜地說。

辦事員撇撇嘴，寫詩？現在首都的詩人已經太多啦，隨便丟塊石頭都能打到幾個詩人。

他懶洋洋地蓋了個章，扔出表格來：「去安檢吧。」

王維看了一眼章子：「才三個月？大人，我要辦三年的。」

辦事員更不耐煩了：「三個月夠長啦。你們詩人能在長安混一個星期都不錯了……」

「至少要三年。」王維堅定地說：「寫不出名堂，我誓不回鄉。」

目視著王維離開，一名同事湊到辦事員耳邊：「喂，有沒發現這小子特像故事裡的一種人。」

「什麼人？」

「男主角。」

這一年，長安的詩壇已經殺成了一片紅海。

上一輩的詩人張說、賀知章風流未沫，中生代的張九齡等又崛起了，寫的詩動輒風靡京師。

「快看，賀老又發新作了，『二月春風似剪刀』真棒！」人們傳閱著詩稿，嘖嘖稱讚。

長安城裡遍地都是詩人，紛紛抱著履歷和代表作，到處尋找贊助。王維每到一個小酒店，都會聽到有詩人在大聲討論著「平仄和諧」、「四聲八病」等術語。

僕人有點擔心，勸他說：

「少爺啊，現在入長安，你確定？競爭這麼激烈，要不咱把目標稍微調低一點，非要做什麼一線詩人嗎？」

王維端起一碗米酒，一飲而盡，白淨的臉上瞬間浮現潮紅。紅海又怎麼樣，我的目標可不是做什麼一線詩人，而是另外四個字：

天下文宗[1]。

二

王維每天都很努力。長安是個人情密集的地方，出頭很難，何況他也沒有太過硬的社會關係[2]。他的家族是河東王氏，幾代先祖都做官，但品階不高。他父親做過汾州司馬，相當於汾州的王調研員，可是很早就亡故了。母親出身有名的博陵崔氏，然而篤信佛教，對名利十分淡泊。這個家世背景，比後來的杜甫並沒有強到哪裡去[3]。它能幫助王維干謁到一些達官貴人，但也僅此而已。關鍵還是要靠自己。

在長安，王維白天要出門投履歷、進呈詩稿，晚上就回住處讀書寫作。天氣好的時候，他就背上畫夾，出門寫生、采風。

重陽節到了，他很想念家鄉的兄弟們。為了在長安闖蕩，王維早早地失去了許多和親人團聚的機會。那一天，才十七歲的他寫下了這首〈九月九日憶山東兄弟〉：

獨在異鄉為異客，每逢佳節倍思親。
遙知兄弟登高處，遍插茱萸少一人。

如果不是身在遠方，他一定會和兄弟們登高望遠、暢飲一醉的吧？

這首詩的後兩句寫得很像是一幅畫。這大概也是王維第一次用畫來療癒自己。這一招，後來他無數次用到。

在長安的付出沒有白費。一些王公大臣注意到了這少年的才華，包括寧王、岐王、薛王等，王維成了他們的座上賓。諸王都挺喜歡這個少年，有才、自信，偶爾也有些稜角，但為人沉靜，不張狂跋扈，顯出一種少有的成熟。

開元七年（七一九），大唐詩壇愈發風起雲湧。

在蜀地，一個叫李白的同齡人收拾好了書卷和寶劍，要去征服外面的世界。

在河南，一個七歲的孩子杜甫寫出了一首詩，詠的是鳳凰，雖然年幼，才情已然顯露。

但當時最閃亮的新星仍是王維。那些日子，在諸王的文學沙龍裡，經常有王維白衣如雪的身影。諸王或是月下舉辦宴會，或是巡遊出訪，王維就在其中作客、寫詩。有時候大家聊得太開心了，忘了時間，不知不覺聊到連外面啼鳥的種類都變換了，落花都積了很多[4]。

尤其是在避暑的勝地九成宮，那裡太美了，窗間不時飄來林中的雲霧，山泉在咫尺之外流淌，再配上王維的風采和詩作，彷彿是仙境一般。

不久，王維迎來了一場關鍵的沙龍，召集人是玉真公主。她是唐玄宗的胞妹，酷愛音樂和詩歌，她的宅邸是許多詩人和藝人的聚集地。

這一場沙龍對王維很重要，不久之後便是京兆府試，能否得到公主的認可和推薦，很可能影響最終結果。

在公主面前，王維手抱琵琶，飄然登台。一襲白衣將他映襯得更加英秀挺拔，瞬間點亮了公主的雙眸。

音樂，對於王維來說是家學。他的祖父王冑做過太常寺協律郎，主管五音六律，可謂天下第一指揮家兼打碟師[5]。王維也是玩樂器的高手。

果然，當他一支琵琶曲〈鬱輪袍〉彈罷，全場彩聲雷動，台下的玉真公主更是興奮得站了起來：

「小鮮……小夥子，除了琵琶，你還有什麼別的才藝嗎？」

「我還會寫詩。」

唐朝的所謂「會寫詩」，和今天完全不是一個概念，不達到相當的程度是不敢叫詩人的。之前王翰搞排行榜不就被罵了嗎？

「那我就考考你。」公主當場出了一道題：「十秒之內寫一首詩，必須要有情感、有季節、有地理、有植物、有王菲。」

王維脫口而出：

「紅豆生南國，春來發幾枝。願君多採擷，此物最相思。」

玉真公主頓時淚流滿面：「今年京兆府試，我推薦你！[6]」

旁邊有人小聲提醒：「之前您內定要推薦的張九皋呢？」

公主滿臉無辜：「張九皋是誰？」

三

不久後的京兆府試，天時與人和兼備的王維自信登場，發揮得很好。成績公布之日，王維前去看榜，左看右顧，沒發現自己的名字。

「沒事，失敗是成功之母……」他給自己打氣。

忽然僕人哭了起來：「少爺你往最上面看，第一個就是你。」

果然王維是第一名，叫作「解元」。

京兆府試分量是極重的，但凡能名列前茅的基本等於保送進士，當時謂之「等第」，更何況是頭名。

沒有意外地，到了開元九年（七二一），王維又順理成章擢進士第。

親友們都來道賀。如果是李白，一定會興奮得跳到天上去。倘若是杜甫，也會發幾句狂言。王維卻並沒有過於興奮，而是問了一句：

「綦毋潛沒有中嗎？」

綦毋潛是他的朋友，虔州人，和王維同一年應試，此番不幸落第。

王維特意找到了心情抑鬱的綦毋潛，真誠地寬慰了他。分別之際，王維還寫了詩相贈，讓他不要灰心難過。從這件事上能看出來王維溫和、善良，很能結交朋友。

沒過多久，新科進士王維被委任為太樂丞，時年不過二十歲。太樂丞是太樂令的副手，這是一個負責朝廷禮樂的官職，對王維而言可謂專業對口，恰好能發揮他音樂上的才華。

那一年，白衣少年如站在山巔，青春得志。彼時彼刻，空氣裡飛舞的都是希望的味道，眼裡瞧見的都是未來，就像他寫的詩一樣：

> 新豐美酒斗十千，咸陽遊俠多少年。
> 相逢意氣為君飲，繫馬高樓垂柳邊。
>
> ——〈少年行四首〉之一

那新豐的美酒啊，一斗要十千錢，可即便昂貴又怎麼樣呢，並不能妨礙我們開懷暢飲。且看這些瀟灑不羈的遊俠少年，將馬繫在垂柳上，相聚在高樓，舉杯傾吐心聲，直喝到眼花耳熱。年輕，就是縱情歡樂的理由啊！

到此時為止，這幾乎是一個少年人可以擁有的最好的開頭：才華是會被尊重的，天賦是可以兌現的，階層是能夠跨越的，王公貴族們是靠譜識貨的，失意者是會被安慰的，時代是不會辜負個人的。

這類故事的主角，我們叫天選之子；這類故事發生的時代，我們通常稱之為黃金時代。王維的人生開局，證明了這種時代真的存在；而王維此後的人生，則將證明太過完滿的童話終究無法永續。

二十歲之前的順遂經歷，對王維後來的性格產生了極大的影響。

一個少年，從相貌到才華都極度出眾、毫無缺點，並很早就獲得了莫大成功，可能會導致兩種結果：

一種可能，是他之前走得太順了，今後經不起坎坷摔打，心態失衡；另一種可能則恰好相反，因為他早早就收穫了足夠的認可，培養起了自尊和自重，內心已然達到富足、豐盈的狀態，哪怕今後遭遇惡意、貶損、誤解、輕蔑，哪怕一度失落徬徨，他也能大體上平靜溫和地度過。因為他知道自己是誰、對這個世界的意義是什麼。

王維就是後一種。對於後來戲劇般的命運，他似乎是一片懵懂、毫無準備，但從另一個角度來說，他已經準備好了。

四

在剛當上太樂丞的時候，人們或許已經開始猜測，王維這個年少有才的小夥子會不會是下一個張說，或是張九齡。畢竟，他們的人生開局非常像。

但事實很快證明錯了。少年得志的王維忘記了一件事，就是上任時別人的提醒：「在你這個位子上幹，別的事都可以錯，唯獨一件事——節目單不能錯。」

王維的節目單恰恰搞錯了。沒過多久，有伶人表演了一種極為敏感的樂舞，叫「黃獅子舞」，這是只允許皇帝觀賞的節目。

這就好比你在宮裡吃飯，忽然有人來查，翻過你的碗底，發現兩個小字：御用。於是，天塌了。

王維這件黃獅子案其實有些奇怪，伶人具體是在什麼情況下給什麼人舞的，後世多有揣測，但一概不能確知。唯一確定的是，王維作為太樂丞，對此事負領導責任，坐累為濟州司倉參軍。從高中進士到坐罪被貶，前後不過幾個月，前途無量的首都文藝明星直接變成了山東管倉庫的小王主任。

離開長安城時，他又遇見了當初那位辦事員。對方忍不住感慨：「真有你的，短短時間，別人一輩子的大起大落都給你過完了。」

辦事員沒注意到，王維仍然隨身帶著一樣東西：畫夾。

倘若是拍攝青春偶像劇，主人公在吃瘪遭難之後必定會反轉，否極泰來，榮歸長安。可是劇本讓人意外，接下來十幾年，王維的人生並沒有什麼反轉。

在濟州守了一段時間倉庫後，開元十四年（七二六）春，王維赦還長安，但很快又被外放到河南淇上。眼看俸祿十分微薄，官也越做越沒意思，他乾脆淡出了職場，甚至被後世認為是辭職隱居，在淇水釣魚了。

這人生的軌跡非但越來越不像張說、張九齡，反倒是像當初抑鬱不展的「初唐四傑」了。那些年，王維也曾有過懷疑：我到底是不是主角？開局明明是男主的戲路，怎麼越演越像龍套了呢？

但他有個好處，愛畫畫。碰到不開心的時候，打開畫夾塗抹上幾筆，心情便會好得多。他就連寫詩也像畫畫，外放這些年中，他所遇所見的朋友、鄉情、山川、市井，都是他「畫」的對象。

在淇水送別朋友時，他是這樣「畫」的：

天寒遠山淨，日暮長河急。
解纜君已遙，望君猶佇立。

——〈淇上別趙仙舟〉

畫面上，一條湍急的江水在落日下奔流，仔細看去，江邊有一個小小的人影，正凝視著一艘漸行漸遠的小船，因為那船上有他遠去的朋友。這人影望著船，呆呆地站著，充滿了依戀，彷彿直到太陽落山也不捨得離去。

這是一幅多麼好的名為「友誼」的速寫，王維用二十個字就畫出來了。

因為工作實在清閒，王維到處閒遊，走到哪裡就畫到哪裡。在蜀地他是這樣畫的：

聲喧亂石中，色靜深松裡。
漾漾泛菱荇，澄澄映葭葦。

——〈青溪〉

一幅絕妙的森林風景畫。從幾句小詩裡，你甚至都能聽見溪水的聲音，看見它沖濺在石頭上激起的泡沫，還有那斑駁的松樹皮、明暗參差的樹冠，以及灑落在林間的柔美光線。

等遊覽到了巴峽，看到了水上人家的生活，王維又支開畫夾，即興來了一幅小畫[7]：

際曉投巴峽，餘春憶帝京。
……
水國舟中市，山橋樹杪行。

——〈曉行巴峽〉

「水國舟中市，山橋樹杪行」，十個字就畫出一幅亮眼的峽谷生活圖。大家在水上做生意，船隻都熱熱鬧鬧地湊在一起。兩岸的山很高，穿行在山橋棧道上，人就彷彿行走在樹梢。讀了這兩句，你簡直會心癢難耐，會想去畫裡的舟中集市上問問價、買點水產，又或者去峽江棧道上走走，吼唱幾句川江號子。

此後王維又在長安等地耽了一段時間，依舊前途不明。開元二十二年（七三四），他來到嵩山隱居，至此他已經在貶逐、漂泊中度過了十三年。

從王天才到王主任，再到王啥也不是，漫長的時間，巨大的落差，足夠磨耗掉絕大多人的耐心和希望。王維完全有理由變成一個忿忿不平的人。

他確實也嗟嘆、怨念，說了一些不快樂的話，比如「微官易得罪，謫去濟川陰」、「縱有歸來日，多愁年鬢侵」，不看好未來前程。

但人們也意外地發現，即便在這些黯淡的年頭，他也能調整好心情，寫出或者是「畫」出這樣空靈的〈鳥鳴澗〉：

人閒桂花落，夜靜春山空。
月出驚山鳥，時鳴春澗中。

這不是一個滿心憤懣的人可以寫出來的詩。它沒有一絲倉促，也半點不惶急，連「日暮長河急」的那種不安感也沒有，只有悠閒的人、從容的桂花、靜謐的春夜，以及那貌似警覺實則呆萌的鳥兒。

在這樣的詩裡，能看出王維與自然的關係是這樣親切，他對生活是如此熱愛。至少在此時此夜，他的心境是沒有什麼破綻的，是真的有點像後來豐子愷所謂的不念過往、不懼將來。你能看出哪怕一點對當初玉真公主府上的繁華喧囂的癡戀嗎？能看出一點對今後前途無著的憂慮躁動嗎？都沒有。他倒是像詩中那隻鳥兒，月亮出來了就大叫幾聲，習慣了月光之後多半又埋頭補覺，過得簡單自然。

這是詩人王維和畫師王維攜手，共同對抗著失意者王維。每當手中有畫筆的時候，王維的心境就圓融、澄澈起來，這就和李白哪怕再怨念絮叨，一到登山的時候就會變得不可戰勝一樣。王維不是下一個張說或張九齡，也不是下一個盧照鄰、王勃，他就是王維，盛唐情緒最穩定的詩人，得志的時候不會飛揚跋扈，失意的時候也不會極度悲傷怨艾，如同他後來寫過的著名的詩：「行到水窮處，坐看雲起時[8]。」這恰恰是他一直走來的方式。

開元二十三年（七三五），在嵩山隱居的王維迎來了柳暗花明。

經宰相張九齡的舉薦，王維被任命為右拾遺，到東都洛陽上任。次年（七三六），王維隨侍玄宗離開洛陽，返回闊別已久的長安。

轔轔車隊中，面對重新清晰起來的長安輪廓，他很平靜，並沒有寫下特別的詩作。我們也無從知道他重見長安的那一刻是晴是雨，還是彩翠分明、霞光滿天。王維大概也不會意識到，就在這表面上平靜的一年裡，唐詩最明亮、最壯盛的一刻已無聲到來了。

注釋

1 王維故後，唐代宗讓王維的弟弟王縉進呈王維集，並且答稱：「卿之伯氏（王維），天下文宗。位歷先朝，名高希代。」在唐代能被稱為「文宗」的很少，還有一個享受這一頭銜的是陳子昂。盧藏用《陳子昂別傳》載：「（陳子昂）初為詩，幽人王適見而驚曰：此子必為文宗矣。」

2 社會關係的「過硬」與否是主觀標準。一些學者如宇文所安（Stephen Owen）認為，王維的家庭聲望卓著，這幫助了他在諸王府中受到熱烈歡迎。另一些學者如社科院劉寧認為，王維屬於孤寒士子，家庭無法給他更多支持。這其實是判斷標準的不同。

3 王維的身世像杜甫。王維父親為汾州司馬，早亡，母親為博陵崔氏。杜甫父親為兗州司馬，母親為清河崔氏。這個家世對孩子能起到一定的支持作用，幫助他們在長安獲得一些社會資源，但強有力的支援應當也是不足的。

4 王維有詩〈從岐王過楊氏別業應教〉：「楊子談經所，淮王載酒過。興闌啼鳥換，坐久落花多。」

5（編注）夜店或派對中操作數位混音設備、掌控現場音樂節奏的職業，即「DJ」（Disc Jockey）。

6 宋計有功《唐詩紀事》載：「維未冠，文章得名，妙能琵琶。春之一日，岐王引至公主第，使為伶人，進主前一進新曲，號〈鬱輪袍〉；並出所為文。主大奇之，令宮婢傳教，遂召試官至第，諭之作解頭登第。」

7 王維作此詩時間有爭議。王輝斌《也說王維開元天寶間的行跡——〈開元天寶間王維行跡考〉一文評析》認為：「王維集中的〈黃花川〉、〈青溪〉、〈曉行巴峽〉三詩雖然可以證實王維確曾入蜀一次，但……是開元二十八年（七四〇）『知南選』時之途經。」

8 一說這句詩非王維原創。唐李肇《唐國史補》稱：「維有詩名，然好取人文章嘉句。『行到水窮處，坐看雲起時。』《英華集》中詩也。」

請叫我情緒價值之王

勸君更盡一杯酒，西出陽關無故人。
——王維

王維前半生的故事，暫且告一段落。我們已知道了他熱情、自信、穩重、平靜，善於自我疏導，這就是他的典型性格特徵。而除此之外，他還有一個非常重要但往往被人忽視了的特點，就是三個字：會說話。

這個世界上不會說話的人太多了，王維是一個極大的例外。

他是一個讓人特別舒適的人。在任何場合、面對任何對象，無論是君上、主管還是師長、朋友，王維都能說出妥帖到位的話來，尺度分寸往往恰到好處，使人心情愉悅。用時下的流行語，就是很能給人提供情緒價值。

比如對朋友。做王維的朋友是一件幸福的事情。綦毋潛就一定感受到了。

他與王維同年科舉，王維高中而綦毋潛落第。失意還鄉之際，王維寫詩安慰他：

聖代無隱者，英靈盡來歸。
遂令東山客，不得顧采薇。
既至君門遠，孰云吾道非。
江淮度寒食，京洛縫春衣。
置酒臨長道，同心與我違。
行當浮桂棹，未幾拂荊扉。
遠樹帶行客，孤城當落暉。
吾謀適不用，勿謂知音稀。

——〈送綦毋潛落第還鄉〉

通常來說，在表達上有一個「不可能三角」，那就是政治正確、角度新穎、感情真摯，這三者幾乎是不可能同時兼備的。但王維這首詩恰恰做到了。所有被「不會說話」困擾的朋友，都不妨讀一讀這首詩。

考試落第，釋褐無望，綦毋潛肯定是失意落寞的，但同樣折磨人的還有一種羞赧感，似乎自家熱衷功名卻又求而不得，自討沒趣，還不如當初老老實實隱逸山林。

善解人意的王維以最巧妙的角度替朋友紓解了心魔。「聖代無隱者，英靈盡來歸」，兩句話看似平平無奇，其實十分巧妙，煞費苦心。王維說：聖明的時代是沒有隱者的，傑出人才都會出山，爭取報效朝廷，哪怕是淡泊名利的高潔之士也不會繼續隱逸下去。後面的「東山客」、「采薇」都是指高潔的隱者或隱逸行為。

這話不但是說到了綦毋潛心窩裡，也會讓無數的落榜士子感到溫暖、解壓——原來自己積極求仕不是熱切功名，而是回應時代的召喚，因為「聖代無隱者」嘛。

如此貼心的話，偏偏還被王維說得正大體面，完全符合政治正確。朝廷乃至君王看了也會覺得十分受用，至少不會有任何不滿。幾句詩，既極大地撫慰了失意者，又同時恭維了決策者、裁判者，方方面面都照顧到，真是難為他怎麼想到的角度。

事實上，綦毋潛的整個職業生涯都沒逃脫王維的溫暖懷抱，只要一失意，王維就跑來了。數年之後，綦毋潛終於進士及第，在職場沉浮了一段，任了一個著作郎的微官，自覺無味，棄官而去。王維又及時趕到，寫下一首〈送綦毋祕書棄官還江東〉相贈，其中有這樣幾句：

明時久不達，棄置與君同。
天命無怨色，人生有素風。
念君拂衣去，四海將安窮。
秋天萬里淨，日暮澄江空。

這一次，王維拿自身的際遇來寬慰朋友，表示咱倆都是「明時不達」，境遇相近，心情相通。好比現代人安慰不開心的老友說：「嗨，我還不是一樣，都鬧心！來來喝酒！」

此前，綦毋潛落榜而王維高中，二人境遇不同，王維寫詩便絕口不提自己，以免刺傷朋友。而眼下是開元二十一年（七三三），王維自己也在閒居，便用「棄置與君同」寬慰友人。這就叫情商。

這一首詩裡，王維還用很美的句子，努力把主人公的掛冠離去寫得無比瀟灑：「天命無怨色，人生有素風。」沒有徬徨，沒有失意，只有落子無悔、神采飛揚，綦毋潛讀了都要驚訝：原來我走得這麼帥氣。

這種「暖」的屬性，使王維成了盛唐第一樹洞，孟浩然、綦毋潛、丘為、高適等人混得不如意時都愛找王維傾吐幾句。王維也都溫情回應，想盡辦法安慰他們。王維目前存詩四百多首，在頂級詩人裡並不算特別多，但他卻是寫寬慰朋友不第、失意、歸山的詩最多的之一，也是品質最好的之一，光一個綦毋潛就被他寫詩安慰了至少三次。

在人們通常的印象裡，「會說話」便約等於圓滑和愛用陳詞濫調，但王維不是，他總會換著角度寫，讓你覺得感情真摯，但又別出心裁，讓每一次朋友得到的擁抱都不一樣。

朋友丘為落第，王維寫詩這樣寬慰：

憐君不得意，況復柳條春。
為客黃金盡，還家白髮新。
五湖三畝宅，萬里一歸人。
知爾不能薦，羞稱獻納臣。
——〈送丘為落第歸江東〉

丘為也是考了很多次的。在詩中，王維先是設身處地感受了朋友的窘迫和痛苦：盤纏花完了，只能孤獨地回家，頭上又增添了新的白髮，怎麼能不讓人煩悶呢？

爾後王維表示，自己作為一個京官，而且是曾負責進言糾錯的「獻納臣」，卻不能把朋友舉薦給朝廷，使丘為懷才不遇，真是感覺慚愧無地。

這一首詩，情感真摯，逐步遞進，先由憐惜轉為痛惜，又轉為深深的內疚和羞憤，讓我們讀了也覺得動容。

王維說好話的時候還善語帶雙關。有一次他寫長安城裡一位「呂逸人」，其實就是姓呂的民間隱士，是這樣措辭的：

桃源一向絕風塵，柳市南頭訪隱淪。
到門不敢題凡鳥，看竹何須問主人。
城上青山如屋裡，東家流水入西鄰。
閉戶著書多歲月，種松皆老作龍鱗。
——〈春日與裴迪過新昌里訪呂逸人不遇〉

這位呂逸人住在長安新昌里柳市南頭，是個識文斷字的文化人，王維來訪不遇，便寫了一篇半抒懷、半恭維的話。

「到門不敢題凡鳥」是用了一個典故，傳說魏晉時名士呂安見到嵇喜，在其門上題了一個「鳳」字，諷刺嵇喜庸俗，因為「鳳」字是「凡鳥」兩字組合。王維這裡是恭維呂逸人不同凡俗，自己不敢像呂安那樣托大。

看這首詩便會發現，呂逸人並不是什麼顯貴或名士，和王維也還沒有太深厚的交情，甚至可能面都沒見過，王維卻樂意讓潛在的新朋友開心。他描寫了呂逸人家的美好氛圍——松竹繁茂、流水淙淙，連原本沒啥關係的「青山」也硬借來了，更襯托得主人居所優雅、人亦脫俗。真是頂級售房仲介的境界。

王維還拿了一個細節做文章，「種松皆老作龍鱗」，主人手種的松樹經歷了歲月，樹皮斑駁如龍鱗一般。這裡語帶雙關，松樹都能成龍，主人當然更是龍了，並且是潛龍、蟄龍。呂逸人看見這首詩怕是要開心得合不攏嘴。

在所有類型的說好話裡，有一種是極考驗情商和閱歷的，就是對上說好話。這類表達，尺度分寸都不好拿捏，既要把上級誇到位，不可絲毫打折扣，又不能措辭唐突過火。後文中會說到的李白，為人極其可愛，但就是個極不善於對上說好話的，一出語就過火，有時彷彿侮辱主管智商一般。

而王維卻是此道高手，能把「面子話」說得極為堂皇、到位、妥帖。當初長安諸王、公主都喜愛他不是沒有原因的。

先來欣賞他的一首應制詩，也就是應君王或宮廷要求所寫的詩，叫〈奉和聖製從蓬萊向興慶閣道中留春雨中春望之作應制〉。前作《唐詩寒武紀》中提過上官婉兒是應制詩的專家，而王維則是又一聖手：

渭水自縈秦塞曲，黃山舊繞漢宮斜。
鑾輿迥出千門柳，閣道迴看上苑花。

雲裡帝城雙鳳闕，雨中春樹萬人家。
為乘陽氣行時令，不是宸遊玩物華。

皇帝出門遇上了點雨，這點小事，在王維筆下就成了絕好的詩句。「雲裡帝城雙鳳闕，雨中春樹萬人家」這一聯既清新又潤澤。結尾自然歸結到應制詩的主題：皇上出行是為了順應天時、造福於民，而不是遊山玩水。整首作品清麗空靈、舉重若輕，成為後世無數寫材料的人所難以企及的高峰。

最能反映王維筆力和格局的，是描寫皇帝早朝場面的〈和賈舍人早朝大明宮之作〉。這首詩是對中書舍人賈至的和詩，當時同僚杜甫、岑參都有參與唱和，其中王維的最為出眾[1]：

絳幘雞人報曉籌，尚衣方進翠雲裘。
九天閶闔開宮殿，萬國衣冠拜冕旒。
日色才臨仙掌動，香煙欲傍袞龍浮。
朝罷須裁五色詔，佩聲歸到鳳池頭。

它色彩絢爛、富麗堂皇，好像一部莊嚴又華美的紀錄片。

「絳幘雞人報曉籌」，隨著紅巾衛士的一聲嘹亮高唱，旭日東昇，晨光照臨，巍峨的殿宇訇然中開。

導演王維從容地運鏡，鏡頭掃到聖人的翠雲裘上，掃到那光華耀眼的冠帶上。然後恢弘的全景來了，百官、外使們魚貫而入，在沁人心脾的香煙中朝拜君王，大明宮籠罩在一片氤氳雲氣之中，大唐的繁榮彷彿永遠不會結束。

這部紀錄片不光華麗，而且秩序井然、調度有序，絲毫不顯得繁縟混亂。好的導演永遠不會被細節掌控，而是從心所欲地掌控著所有細節。

更難得的是它調子很正，絕不膨脹傲慢。倘若寫成「文班上應郎官宿，武曜中分列將星」，那就心浮氣躁了，就像後人說的那樣「後來諸公應詔之作……多志驕氣盈」，王維卻總是能把握到那個最佳的分寸。

對比盛唐另外兩位大詩人李白、杜甫的應制之作，李白才氣飛動，但應制詩往往失於輕昵，比喻不當，被人鑽空子[2]；杜甫則顯得謹小慎微、小心翼翼，都不像王維的出語妥當、貴氣又雍雅平和。這也是出身、經歷和個人性格所綜合導致的。

當然，每一種選擇其實都必然伴隨著代價。在世人眼裡，王維這種平和溫暖、很會說話的「人設」，另一面就是乏味、沒銳氣、沒特點，俗稱「不吸粉」，不容易讓人愛得瘋狂。

作家、明星歷來都是如此，四平八穩的必然不如狂放不羈、犀利勇猛的吸引人。胡適的個性便沒有魯迅辛辣誘人，金庸的採訪也必然沒有李敖的好看。諸王如果選賓客，當然會中意王維，因為他大概率不會無端製造尷尬[3]；老百姓選偶像，則會更加青睞李白，覺得他更可愛天真。

但王維的朋友們一定會喜歡他。他的「會說話」不是什麼矯飾，而是來自一種天生的同理心和細緻敏感的共情能力。就像他對綦毋潛、丘為等人的共情一樣。

這讓人想起王維那幾句早已膾炙人口的詩：

渭城朝雨浥輕塵，客舍青青柳色新。
勸君更盡一杯酒，西出陽關無故人。
——〈送元二使安西〉

清晨的一場小雨，客店後的青青柳色，都那麼平凡，不是平日裡特別吸睛的物事。只有在分別的時刻親身遇見，才會忽然感到它的深情動人。

注釋

1 杜甫和詩是〈奉和賈至舍人早朝大明宮〉：「五夜漏聲催曉箭，九重春色醉仙桃。旌旗日暖龍蛇動，宮殿風微燕雀高。朝罷香煙攜滿袖，詩成珠玉在揮毫。欲知世掌絲綸美，池上於今有鳳毛。」小心地恭維賈至，有一種新人剛加入圈子的謹小慎微感，不如王維和詩軒敞從容。後來〈秋興八首〉中「雲移雉尾開宮扇，日繞龍鱗識聖顏」句與王維句相似，但稍顯直露，不如王維「九天閶闔開宮殿，萬國衣冠拜冕旒」雍容。

2 李白在宮中作〈清平調〉三章，詠楊貴妃，有句「借問漢宮誰得似，可憐飛燕倚新妝」，〈宮中行樂詞〉亦說「宮中誰第一，飛燕在昭陽」，都是把楊貴妃比作趙飛燕。唐李濬《松窗雜錄》中說高力士以此進讒言說：「以飛燕指妃子，是賤之甚矣。」

3 王維事實上也有銳氣的一面，是敢於調侃和批評諸王的。前作《唐詩寒武紀》中有提到王維〈息夫人〉一詩：「莫以今時寵，寧忘昔日恩。看花滿眼淚，不共楚王言。」就是調侃和批評寧王李憲花心強佔民女的。

天上掉下個莽撞人

此人固窮相。
——李隆基

一

開元七年（七一九），蜀地。

一個叫李白的青年舉起一根繡花針，仰天長笑：「哈哈，我的鐵杵終於磨成針了！」

鐵杵成針日，文星耀世時。征服世界的時候，應該到了吧。

李白收拾好了書和寶劍，打包了行囊，再一次回看自己讀書的大匡山。別了，這翠綠的山峰，這纏綿的藤蔓，還有傍晚時分熟悉的樵歌。我要把天賦帶到外面去，讓天下都聽到我的聲音。

不對，臨走之前，還得再去找一找那位道士，了卻心願。他喃喃說。

臨近的戴天山[1]上有位道士，據說懂得長生之術，還很會釀酒。李白仰慕他很久了，可每次去都沒找到人。這次定要把他尋到。

戴天山上，早已得到消息的老道倉皇逃離，臨行前還匆匆封了酒窖，鎖了大門。

「那位李家小子又來了，兩年來了八回，陰魂不散啊！」老道自言自語：「聽說這傢伙又愛喝酒，又好吹牛，說話沒譜，乃是方圓百里頭一個莽撞之人！貧道可不伺候他！」

於是李白照例撲空，又一次和道士失之交臂。空氣中還飄著微微的酒香，但大門緊鎖，斯人已不知去向。

李白惆悵地留下一首詩，就叫〈訪戴天山道士不遇〉：

犬吠水聲中，桃花帶雨濃。
樹深時見鹿，溪午不聞鐘。
野竹分青靄，飛泉掛碧峰。
無人知所去，愁倚兩三松。

只有懷著遺憾離開了。別離之際，李白轉頭對山下大吼一聲：

「我來了，大唐！」

吼完他摸摸頭，怎麼都沒有回聲啊？

二

李白這一聲大吼，當時確實基本無人在意。

在開元七年時，文化界最轟動的事是高僧金剛智、不空來到唐朝，傳法譯經。他們和之前已到達長安的善無畏一起被稱為「開元三大士」。並沒有多少人注意到，一個叫李白的青年要出山了。

對這個世界來說，李白，就像是忽然從天上掉下來的。

他的籍貫無從查考。相比之下，唐朝幾位頂尖詩人王維、杜甫、白居易、李商隱等至少都有明確籍貫，以及父祖輩姓名來歷。李白卻是個謎，他家是所謂「國朝已來，漏於屬籍」，很難確知是從哪裡來的。關於李白出生地最遠的說法是中亞碎葉，遠在現今吉爾吉斯境內。

甚至，就連李白家之前是否姓李，也有些含糊。他家祖上是流配犯人，貌似曾經改易過姓氏，一度並不姓李，到李白出生，父親才指著李樹恢復了李姓[2]。如此多的謎團，甚至導致有人相信李白不是漢人，而是胡人。

辭別了匡山之後，這個天上掉下來的人開始遊歷巴蜀，走訪成都、青城、峨眉。他帶著寶劍，喝醉之後往往拔劍起舞，吟誦《楚辭》、《莊子》或是古樂府的詩句。藉著酒意，他常說自己是魯仲連、張良、謝安那樣的古代賢人，要成不世之功，然後功成身退。

很棒啊，那你打算什麼時候去科舉考試呢？朋友們問。

這正戳到了李白的痛處。因為沒有合規的家世譜牒，加上是商人之子，他幾乎不可能取得考試的資格。

「考試？」李白說：「我要保送！」

當年張良、司馬相如是靠考試而成功的嗎？不都是靠蓋世的才情博得聖明青睞，直接保送的嗎？我要像古時的賢士那樣，以白衣而取卿相。李白相信，現實和夢想之間只隔薄薄一層紙，用我磨的繡花針，一捅即破。

不多時，李白的目標來了。當時禮部尚書蘇頲來益州做長史，蘇頲不但是高官，而且是文壇重量級人物，和張說齊名。即將二十歲的李白於路中投刺，也就是遞名片。「刺」就是小木片做成的名片。

蘇頲接見了年輕的李白，對下屬們讚譽了一番：

「這後生天才英麗，下筆滔滔不絕，雖然風力還沒完全成形，但已看得出博學有才。倘若再加把勁深造，可以比肩司馬相如呢。」

等他說完，李白眨巴著眼：「就這樣？您不打算舉薦我嗎？」

蘇頲捻著鬍子犯難：「這個嘛……」

李白說那請您把剛才的好評再說一遍吧，我記下來，日後好把這些話拿去說給別人聽啊[3]！

人生中的第一次重要干謁活動，以地方主管的一條口頭高度評價收場。李白既感振奮，又悵然若失。

此時的盛唐詩壇高手迭出，新一代天才已陸續嶄露頭角。同齡人王維早已名動長安，被諸王當作貴賓，甚至待之如師友。後輩杜甫還是總角之年，但也已漸漸在洛陽交識名流，在岐王宅裡聽李龜年的樂曲。

李白也躍躍欲試。轉眼已是開元十三年（七二五），李白二十四歲。他辭別親人，踏出了蜀地，一人一劍，輕舟東去。船漂向三峽，一抬頭又見月亮，那是在蜀地看了二十多年的月亮。李白留下一首〈峨眉山月歌〉，作為對故鄉和故人的告別：

峨眉山月半輪秋，影入平羌江水流。
夜發清溪向三峽，思君不見下渝州。

這番漫遊，李白足跡踏遍湖北、湖南、江浙，向南最遠來到湘南的九嶷山一帶，已接近廣西，向東最遠則到達大海。

於是乎，各地的酒館裡就出現了這麼一位奇人：

他形象奇特，兩眼精光閃閃，瞪著你的時候就像頭小老虎，目光中總是充滿了銳利和興奮[4]。

他極其能喝，又特別愛說話、交朋友，一說到創業、幹大事就滔滔不絕，但卻老講不明白自己的來歷，一會兒隴西一會兒峨眉一會兒金陵一會兒山東，雲山霧罩。他還不時聲稱自己祖上很顯赫，來歷不凡，自稱李廣的後代、涼武昭王李暠九世孫，是李唐皇室的宗親，可又似乎沒什麼憑據。

有人覺得他是來歷奇特的異人，也有人覺得他是形跡可疑的江湖騙子。

這個年輕人還特別愛自誇，口氣非常大。他給一位少府回書，這樣形容自己：

近者逸人李白，自峨眉而來，爾其天為容，道為貌，不屈己，不干人，巢、由以來，一人而已。

——〈代壽山答孟少府移文書〉

用今天的話說就是顏值逆天、器宇非凡，從不委屈自己、不干謁別人，自上古大賢巢父、許由以來，只此一人而已。

不但語出驚人，此人做事也極其奔放，特立獨行，甚至驚世駭俗。比如他葬友的行為。

在遊楚地的時候，同行好友吳指南不幸歿於洞庭湖畔。李白號啕大哭，把朋友草草葬了。幾年後他帶著刀回來了，將吳指南遺體找出，一番削洗，清去皮肉，將骨頭打包到幾百里外的鄂城之東安葬。

幹完這些，李白插刀問旁人：我是不是很講義氣？旁人目瞪口呆：義氣當然是義氣，就是怕嚇著小朋友。

這些奇特的行徑，導致有人忌憚、懷疑李白，但也有人被他深深吸引，與他訂交。畢竟李白非但有才、有個性，還很有錢。

東遊維揚，他揮金如土，遇見手頭拮据的落魄公子就大方接濟，不到一年散金三十餘萬。金陵的酒肆裡，他在飄飛的柳花中酣飲，醉倒在春風之中。他向朋友們噴吐著信手拈來的絕美詩句，渾未察覺人生已經快步入夏季：

風吹柳花滿店香，吳姬壓酒勸客嘗。
金陵子弟來相送，欲行不行各盡觴。
請君試問東流水，別意與之誰短長。

——〈金陵酒肆留別〉

三

這年，李白來到了長安[5]。這是寫滿榮耀和誘惑的地方，也是充滿陰謀和詭詐的所在。李白坦然無懼，只因為一份自信：

「三十成文章。」

他相信自己的文學已經大成了，當揚名京都、橫掃天下，像後人說他的「生時值明聖，發跡恃文雄」，有什麼怕的呢？

沒錯，他的才華太耀眼了。前文中我們已看到了李白青年時的幾首詩，無論是〈峨眉山月歌〉還是〈金陵酒肆留別〉，都清麗流暢，感情也真摯動人，簡直讓你瞬間被他征服打動，恨不得追之而去，與之同遊。

但你是否發現了一件事，戴天山的道士也好，蜀中的朋友也好，金陵子弟也罷，李白這些動人的詩都是寫給同一類人的：朋友。換句話說，都是平等交往的對象。

當他對身分相近的朋友說話時，他是個語言的天才，是文字和情感的魔法師，「請君試問東流水，別意與之誰短長」，說出來的話就像這樣動人。

而當他踏上干謁求官之路，面對那些權貴、上位者的時候，就會瞬間失去這種自如的感覺，不管是舉止還是文字，都會變成另一種狀態：擰巴、掙扎。他的不靠譜會忽然放大，變得既剽悍又唐突。

偏偏長安城裡，最少的是朋友，而多的是高高在上的權貴和莫測高深的路人。

在長安，他拜謁了不少權貴，包括走了玉真公主的門路。這或許是依靠了他妻子家族的關係，幾年前他在湖北安陸成婚，妻子是前朝左相許圉師的孫女。也有一種可能是知名道士司馬承禎的引薦。

但李白沒得到王維一樣的待遇，他們並不真正接納他入圈子。

玉真公主是李白重點攻關的對象。李白寫詩給公主，拿她對標王母，讚譽到極點：「玉真之仙人，時往太華峰。清晨鳴天鼓，飆欻騰雙龍。弄電不輟手，行雲本無蹤。幾時入少室，王母應相逢。」說玉真公主飛天騰雲、手弄雷電，活像漫威的驚奇隊長。

李白也受到了公主的招待，被安置在終南山別館，相當於一處山間會所。然而對他的供應保障並不到位，還遇上了大雨，山間爆發泥石流，別館飲食斷絕。無人理會李白，他說自己甚至得去討飯。

李白深感失望、怨艾，甚至產生了一種被愚弄的感覺。如果遇到這種情況的是王維，他或許不會聲張。倘是杜甫，跳不跳腳在兩可之間。但李白卻是絕不會閉口不言的，他要大聲嚷嚷。他寫了兩首詩給衛尉張垍抱怨此事，題為〈玉真公主別館苦雨贈衛尉張卿二首〉，其中一首有這樣幾句：

饑從漂母食，閒綴羽陵簡。
園家逢秋蔬，藜藿不滿眼。
蟰蛸結思幽，蟋蟀傷褊淺。
廚灶無青煙，刀機生綠蘚。

投箸解鷫鸘，換酒醉北堂。
丹徒布衣者，慷慨未可量。
何時黃金盤，一斛薦檳榔。

從詩中看，李白確實是過得沒一點貴賓的樣子，食物只餘一點稀稀拉拉的野菜，廚房裡沒有炊煙，無人做飯。因為潮濕和長時間荒棄，廚具上都長了綠蘚，非常噁心，觸目可見蛛網橫飛、蟋蟀出沒，真是困厄之至了。為此李白發了一大通牢騷，最後高唱：有朝一日，我要像南朝的劉穆之一樣發達，打那些瞧不起我的人的臉。

劉穆之是江蘇丹徒人，曾因窮困跑到岳丈家蹭飯，想吃檳榔，被舅子笑話說吃檳榔容易餓，不適合你。後來他鹹魚翻身做了丹陽尹，用黃金盤裝著檳榔給舅子吃，以示揚眉吐氣[6]。寫最後這一小段賭氣發洩的詩句時，李白還特意換了韻，使得句子更加飛揚、明亮。

李白這兩首詩，名義上是寫給張垍的，但其實是一種「兼呈」，大概也是想讓玉真公主看到，意謂瞧瞧您搞的這個接待。

其實這是很不討喜的。站在玉真公主這樣一位強勢甲方的角度，看到李白的大通抱怨牢騷，會做何感想？大概並不是反思自己不夠禮賢下士，只會不滿李白怎的如此狂悖難搞。

但凡公主稍微褊狹一點，李白對她的一切恭維和逢迎都將前功盡棄，諸如「玉真之仙人」、「王母應相逢」等話，不但再無助於拉近關係，還將起到反面效果，顯得此人心口不一，亦毫無涵養底蘊，稍有不滿就要反目掀桌。

這就是權力關係中的遊戲規則：伏低做小，就要全盤做足；巴結權貴，就要首尾如一；有求於人，就要食得鹹魚抵得渴。這些潛規則和李白心直口快、剽悍莽撞的性子從根本上說就是牴觸的。李白對這些所謂規則非但做不到，似乎連想都想不到。

在長安，也有人是真愛李白的，都是一些包容性很強、較為瀟灑超脫的人，比如賀知章。

當李白初到京師，名聲還不響時，賀知章讀了他的〈蜀道難〉，驚呼為「謫仙人」，解下金龜換酒，與李白痛飲共醉。

「謫仙人」三個字，賀知章批得妙極，李白也鍾愛至極。因為這三個字不但顯己之長，而且還隱己之短。

它完美解釋或者說舒緩了李白心頭的難言之痛，包括說不清楚的籍貫來歷、門第家世。「謫仙人」嘛，今世的一切孤寒、微賤、落魄、狼狽都可以說得通了，也不必過多追問了，因為我本就是天上謫來的啊！

四

開元二十二年（七三四），李白在襄陽。這年他三十三歲，還在青春期，因為他的整個人生就是漫長的青春期。

為了心中經邦濟世的夢想，他繼續熱情如火但又情商欠費地奔走著。他向荊州長史兼襄州刺史韓朝宗去信自薦，書信名為〈與韓荊州書〉。

謁求於人，尤其是不相熟的體制內官僚，措辭一般應當妥帖、穩重、熱情但不唐突。李白恰恰相反，其干謁文字的主要特點就是三個：捧得高、求得急、說得重。

李白先竭力頌揚了一番韓朝宗，使勁極猛：「生不用封萬戶侯，但願一識韓荊州。……君侯製作侔神明，德行動天地，筆參造化，學究天人。」這就是所謂捧得高。

再者是求得急，反覆強調渴望筆試面試，但規格務必高一點：「必若接之以高宴，縱之以清談，請日試萬言，倚馬可待。……請給紙墨，兼之書人，然後退掃閒軒，繕寫呈上。」

也真是很可愛，求人，卻又給人提條件，要高級宴會、要主題演講。

非但求得急，話也說得重。李白在書信中發出了靈魂一問：「君侯何惜階前盈尺之地，不使白揚眉吐氣，激昂青雲耶？」意即您家裡難道差我一塊地方嗎？為啥非不讓我揚眉吐氣呢？

這封信，集中體現了李白的求人風格：你很棒，但是你先跪下，來求我吧。

另一次，李白寫信給安州長史裴寬，也是一樣路數：

> 若赫然作威，加以大怒，不許門下，逐之長途，白即膝行於前，再拜而去，西入秦海，一觀國風，永辭君侯，黃鵠舉矣。何王公大人之門，不可以彈長劍乎？
>
> ——〈上安州裴長史書〉

意謂您可別給我臉色，此處不留爺，自有留爺處，哪個王公大臣處不能混碗飯吃，您不識貨我可就走了。讓裴寬自行考慮後果[7]。

幾封書信，遠不是李白莽撞人生的頂峰。他真正的神來之筆是在皇宮裡。傳說中，他把腳伸給了天下最有權勢的人之一高力士，讓其為自己脫靴。

天寶元年（七四二），已過四旬的李白奉召進京。不知是玉真公主、賀知章還是道士吳筠哪條線起的作用，李白進入了玄宗的視線，被召見於殿上。

多年的夢想忽然變為現實了。出發之前，他到南陵家中辭別了孩子，吃了一隻雞，仰天大笑著離開：

白酒新熟山中歸，黃雞啄黍秋正肥。
呼童烹雞酌白酒，兒女嬉笑牽人衣。
高歌取醉欲自慰，起舞落日爭光輝。
遊說萬乘苦不早，著鞭跨馬涉遠道。
會稽愚婦輕買臣，余亦辭家西入秦。
仰天大笑出門去，我輩豈是蓬蒿人？

——〈南陵別兒童入京〉

面聖之時，李白受到的禮遇很隆重，玄宗「以七寶床賜食，御手調羹以飯之」，這裡的「飯之」不應理解成直接餵飯，玄宗應當是禮節性地親手調和了一下羹食，賜予李白，有「解衣推食」之意，以示鄭重和親切。

爾後，李白最被後世津津樂道的傳奇場面之一出現了，據說他展足向玄宗寵臣高力士，讓其脫靴。高力士驚呆了，聽過這廝莽撞，沒想到如此莽撞。自從開元中期以來，高力士就權傾朝野，四方表奏都先送他，幾時幫人脫過靴？

傲岸不群的才子公然折辱權宦，這種段子人們當然喜聞樂見。於是它在後世不斷被添油加醋，在高力士脫靴之外，又加上了楊貴妃捧硯、楊國忠磨墨、唐明皇拭吐種種情節，並且還有了高力士挾恨報復，向楊貴妃進讒言詆毀李白等後續劇集。

高力士這就有點百口莫辯了。事實上，「力士脫靴」這件事，李白本人和親友都隻字未提，同時代也未有任何旁證。

李白去世後，族叔李陽冰為其作〈草堂集序〉，大力渲染了他見駕時的隆重場面，卻一字未提力士脫靴。當時高力士坍台失勢已經數年，本人都已死去，假如李白真讓其脫過靴，此時壓根也沒什麼好避諱的，何必不提？

追本溯源，「力士脫靴」一事目前已知在唐朝的紀錄有兩處，一處是中唐李肇的《唐國史補》，另一處是晚唐段成式的《酉陽雜俎》，兩本書都是筆記小說，均非嚴謹的史書。

有趣的是，在稍早一點的中唐李肇的故事裡，高力士並沒真正出手脫靴：

> （李白）引足令高力士脫靴，上命小閹排出之。

李白僅僅是提出要求，就被皇帝讓人給搡出去了，最多算肇事未遂[8]。

而到了晚唐段成式的故事裡，情節變了，李白不再是未遂，而是已遂，高力士被迫真的脫靴了：

> 李白名播海內，玄宗於便殿召見，神氣高朗，軒軒然若霞舉。上不覺忘萬乘之尊，

因命納屨。白遂展足與高力士曰：「去靴。」力士失勢，遽為脫之。及出，上指白謂力士曰：「此人固窮相。」

脫靴之後，作者又加了一個尾巴，稱玄宗指著李白背影嘲諷了一句：「此人固窮相。」意謂這人上不得檯面，是個鄉巴佬。

中唐時還沒脫下來的靴子，到晚唐時就脫下來了，這再次說明故事是會演變的。在時光的長河中，人們為了增加所謂「爽點」，會按照喜好不斷去改造故事，添枝加葉，讓它越來越戲劇化。李白讓權貴脫靴，居然未遂，自然「爽點」不夠，於是慢慢就改成已遂。只折辱一個高力士，不夠過癮，於是後世就再加上楊國忠、楊貴妃，乃至安祿山等。

更讓人感慨的，是唐代這兩則紀錄裡玄宗的反應。

不管是讓人把李白「排出」，還是出言笑話李白「固窮相」，都是玄宗對李白舉止的不以為然，這裡沒有絲毫的讚許欣賞，純粹是不屑。

儘管李白風采照人，「軒軒然若霞舉」，但在玄宗眼裡卻是舉止荒疏、稍寵則驕、不識上下尊卑。他在李白身後留下的這一句「此人固窮相」，含義很複雜，既是一種對心靈受傷的寵臣高力士的補慰，也帶有一種鄙夷意味：給點顏色就開染坊，鄉巴佬果然是鄉巴佬。

這次面聖之後，李白得以待詔翰林，給玄宗撰寫些文詞。然而李白很快發現夢想照不進現實，不少人排擠詆毀他，用他自己的話說就是「賤臣詐詭」。隨著工作環境日益惡劣，他漸漸產生了離開的念頭：

晨趨紫禁中，夕待金門詔。
觀書散遺帙，探古窮至妙。
片言苟會心，掩卷忽而笑。
青蠅易相點，白雪難同調。
本是疏散人，屢貽褊促誚。
雲天屬清朗，林壑憶遊眺。
或時清風來，閒倚欄下嘯。
嚴光桐廬溪，謝客臨海嶠。
功成謝人間，從此一投釣。

——〈翰林讀書言懷呈集賢諸學士〉

這是李白寫給眾學士的詩，幾乎是一次公開的吐槽。工作上他已經懈怠了，用當下流行的說法就是整天摸魚，看閒書、翻古籍，自得其樂。周圍的惡意不期而至，「青蠅易相點，白雪難同調」——謠諑中傷不斷，單純潔淨的他經常受到青蠅的玷污。他愈發懷念自由自在的生活，忍不住想像自己拋下負擔、憑欄舒嘯的場景。

即便在這時候，李白的想法仍然是「功成謝人間」，期望建了功再離去。而玄宗已經厭煩了李白，不再給他「功成」的機會，將他賜金放還。整個供奉翰林的時間加起來才不到兩年。

一代天才，就此結束了與唐王朝僅有的一次正式合作，帶著驕傲和屈辱交織的記憶，隱於塵煙。

天寶三載（七四四），也就是玄宗放還李白的這年，大唐的盛世仍然在延續，表面上仍然平靜而熱鬧。

胡人將領安祿山在這一年又領了范陽節度使，從此身兼平盧、范陽兩鎮，還得到朝中奸相李林甫等人的交口稱讚，勢力急劇擴張。

至於太平天子李隆基，則又考慮起了給自己放長假的問題，打算把一切政務大權交給李林甫，連高力士都不能阻止。另外，那個欣賞李白的忘年交賀知章也在這一年去世了。

李白就是在這個時節離開長安的。他的背影無比孤寂蕭瑟，卻又不甘、倔強。在此番東去的路上，他會遇見一個人——杜甫。和李隆基、韓朝宗、張垍等權貴不同，那將是一個識貨的人，一個真正欣賞李白、崇敬李白的人，他將會給李白以山海般真誠的尊重和溫暖。

也是李白剩餘人生中為數不多，甚至已是屈指可數的尊重和溫暖。

注釋

1 戴天山之方位，以及和匡山的關係，眾說紛紜。筆者走訪過匡山，當地學者和老鄉稱，匡山之後相連一座山即為戴天山，現名吳家後山。筆者探訪了這座山，植被茂盛、風景清幽，只是不知是否當年的戴天山。

2 唐范傳正〈唐左拾遺翰林學士李公新墓碑並序〉：「公之生也，先府君指天枝以復姓。」

3 李白投刺蘇頲是在開元八年（七二〇），將二十歲時。蘇頲給予李白如此高的評價，卻並未有任何幫助或舉薦的實質舉動。而李白無論內心對蘇頲的表現是否滿意，至少對這段評語是牢記在心、無時或忘的，乃至到了三十多歲時見到安州長史裴寬還向他複述了一遍。

4 唐代魏顥〈李翰林集序〉稱李白長相：「眸子炯然，哆如餓虎。」「哆」的意思本為張大嘴，可引申為張大之意。說李白張大嘴像老虎，雖然非絕對不行，但略奇怪，相比之下似乎理解為目光炯炯，瞪大眼時神態如老虎更順暢些。此外崔宗之〈贈李十二白〉稱李白「雙眸光照人」，崔宗之和李白同為「飲中八仙」，對李白的描述應該也較準確，可見李白雙眼有神，讓人印象深刻。

5 當前主流觀點一般認為李白一生兩入長安。二十世紀六、七十年代開始，稗山〈李白兩入長安辨〉、郭沫若《李白與杜甫》先主張兩入長安說，也就是在天寶年間供奉翰林之前，李白還曾於三十歲左右時去過一次長安。至郁賢皓發表〈李白兩入長安及有關交遊考辨〉（《南京師範學院學報》一九七八年第四期）後，「二回說」漸漸成為主流。

6 劉穆之後來養成了吃飯時愛聚眾饕餮的習慣。《宋書》記載：「（劉穆之）性奢豪，食必方丈，旦輒為十人饌。穆之既好賓客，未嘗獨餐，每至食時，客止十人以還者，帳下依常下食，以此為常。」他本人陳述這和小時候家裡貧賤有關係。

7 杜甫其實是半個李白，他寫給尚書左丞韋濟的詩，措辭幾乎一樣：「今欲東入海，即將西去秦。尚憐終南山，回首清渭濱。常擬報一飯，況懷辭大臣。白鷗沒浩蕩，萬里誰能馴？」連比喻都類似，只不過略少了李白奶凶奶凶的恫嚇。

8 後來五代人作的《舊唐書》也大體採信了這一則，只不過《舊唐書》把推搡出去改成「斥去」，也就是喝斥出去。

為什麼他們不喜歡李白

當年宮殿賦昭陽，豈信人間過夜郎。

——辛棄疾

在後世，同情李白的人不停追問一個問題：為什麼？為什麼李白生活在一個盛世，卻如此坎坷；為什麼他詩才蓋代，也一直很努力地拓展交際圈，但得到的幫助卻寥寥。

原因當然是複雜的，而首先就是時代的原因。且不論李白是否真有經邦治世的本事，這時候的大唐王朝，從君主到大臣，早已經沒有了破格任用人才的動力了。

李白這個人非常嚮往古代，尤其是春秋戰國時代。他作夢都懷念能破格選賢任能的平原君、燕昭王：

攬涕黃金台，呼天哭昭王。

——〈經亂離後天恩流夜郎憶舊遊書懷贈江夏韋太守良宰〉

昭王白骨縈蔓草，誰人更掃黃金台。
——〈行路難〉

然而平原君、燕昭王那個時代與大唐有本質的不同。別的不談，僅論一點，那時候的君王時刻面臨殘酷競爭：施行一個良策，或許就能富國強兵；聽信一句謊言，也許就身死國滅。要競爭就需要人才，所以春秋戰國的統治階層尚有破格用人的動力，士人也有待價而沽的環境和資本。

做個假設，倘若李隆基乃至於韓朝宗、裴寬是戰國時代的君王大臣，國家時刻被敵國威脅，哪怕李白任性魯莽，只要有才，或許也有機會被認真對待。

而到了唐朝時，情形已然不同，統治者只此一家，別無分店。他們已然異常自信，覺得用幾個庸才，聽幾句諛辭，寵幾個小人，幹幾樁爛事，根本無損大局。他們的根本利益只在於一個——穩定。穩定的統治，穩定的官僚制度，穩定的利益輸送管道，穩定的溫順的人民。從本質上說，他們厭惡平民飛揚跳脫、不安分，厭惡平民企圖跨越階層卻又不肯走正常管道，厭惡平民沒上沒下、無視秩序尊卑。所以他們其實從骨子裡厭惡李白。

事實上，在唐代，這種厭惡的程度還算輕的，所以才能湧現李白這樣的莽撞人。到了宋元明清，厭惡逐漸升級，直至頂峰，別說得志的李白不可能出現，連唐朝這種「失意的李白」也完全沒有存在的土壤了。這就是李白坎坷不遇的時代原因之一。

除此之外，也有李白個人的原因，這便是個性和情商問題了。

李白完全不具備在那個官僚體制內生存所需要的基本素質：妥善、周到、圓融、分寸感，同時又有不顧一切的賭性。那種環境下，一個人要驟然上位，既要有穩定的情緒，又得在必要時為上位者豁出去，無視底線地做事。

李白不是缺失了某一項，而是壓根一項都不具備。好比他入住玉真公主的終南別館，因為待遇惡劣，公開大聲抱怨。在讀者看來，這是率真可愛的，也是很值得同情的。然而在玉真公主眼裡，可能是另一回事：有必要這樣大聲嚷嚷嗎？尤其是有問題不向我反映，卻向他人抱怨，寫詩給張垍，傳之公卿，布在人口，顯得我輕賢慢士、待客無禮，是可忍，孰不可忍。

不妨再剖析一下李白的幾封干謁書信。上文已經點到，卻沒有展開，這裡稍微花點工夫細讀，因為它實在可以幫我們更深地瞭解李白。

周勛初先生有一段話，說得很中肯：「李白……在行卷之時……常對對方有所揄揚。有的書信中，或因自身處境窘迫，或因對對方期望過高，言詞陷於卑屈，對對方則揄揚太過。」對韓朝宗的褒揚正是一例，上文已有，不多贅述。這裡再舉給裴寬的信，開篇也是一樣路數：

君侯貴而且賢，鷹揚虎視，齒若編貝，膚如凝脂，昭昭乎若玉山上行，朗然映人也。而高義重諾，名飛天京，四方諸侯，聞風暗許。倚劍慷慨，氣干虹蜺……故時節歌曰：「賓朋何喧喧！日夜裴公門。願得裴公之一言，不須驅馬將華軒。」

——〈上安州裴長史書〉

和奉承韓朝宗一樣，李白又是熟悉地植入了幾句真偽難辨的江湖歌謠，前者是「生不用封萬戶侯，但願一識韓荊州」，後者是「願得裴公之一言，不須驅馬將華軒」。其中一些揄揚之詞也很怪異，如「齒若編貝，膚如凝脂」。裴寬是高宗永隆二年（六八一）生人，當時已五十多歲[1]，一位古代的五旬大叔，「齒若編貝，膚如凝脂」，不知從何說起。

這樣誇官員似乎是李白一直以來的習慣，提筆就來。初至安陸時，李白誤衝撞了長史李京之的車駕，便上書賠罪說：

伏惟君侯明奪秋月，和均韶風，掃塵辭場，振發文雅。陸機作太康之傑士，未可比肩；曹植為建安之雄才，惟堪捧駕。

——〈上安州李長史書〉

稱曹植、陸機都不及李京之的才華，恐怕李京之自己看到都不敢信。類似這般的奉承，顯得空洞堆砌，活像相聲貫口，給人的感覺是缺乏真誠，對對方也不夠瞭解。

事實上，誇人的關鍵，是誇中竅要。金庸小說中趙敏誇明教群雄，「一褒一讚，無不詞中竅要」，這是高明的，即誇中別人最得意的事。李白對此卻並不大講究。

他浮誇的揄揚，容易使對方狐疑，讓主管有種「信了你就中了你圈套」的感覺。而反過來，李白文字縫裡所掩飾不住的倔傲，又會讓這些恭維顯得很虛假，像是捏著鼻子誇人。

尤其是在一番恭維之後，李白便會急迫地提出提攜要求，並且說一些奶凶[2]奶凶的恫嚇之言，彷彿是充值後立即要求兌換籌碼的孩子。例如他提醒裴寬不得傲慢無禮，否則自己將決絕永辭，天下王公大臣很多，不差裴寬一位。

站在裴寬的角度，這話是很滑稽的：敢情你把我誇耀得那麼好，卻一點不把我往好處想，我家的飯你還沒吃上，先就想著摔盆砸碗了。

又如李白詰問韓朝宗的那句：「君侯何惜階前盈尺之地，不使白揚眉吐氣，激昂青雲耶？」從人之常情出發，韓朝宗看了大概只會噎住：我們並不熟啊！讓你揚眉吐氣，並不是我的義務啊！怎麼還道德綁架上了？[3]

最後的結果當然不盡如人意，李白沒得到想要的結果。

書信的目的，歸根結柢是溝通。而溝通的關鍵，是先洞悉別人的立場，再觸動別人的心意。對比之下，古代書信散文名篇李密〈陳情表〉、丘遲〈與陳伯之書〉等，都是感情真摯，並且能從對方立場考慮問題的，所以溝通都非常成功，文學價值也很高。這也是為什麼李白明明才高八斗，可他的這些文章卻算不上最優秀的散文——即便算，也是〈春夜宴從弟桃花園序〉一類家常小品，而非這些孩子氣的自薦書文。

每談及權貴們對李白的冷淡，人們往往愛說一個詞——嫉賢妒能，彷彿不待見李白的只是那些體制內的壞人。

事實上我敢說，不只是體制內的壞人不會喜歡李白，哪怕當時見識程度中等的官僚，也大概率對李白愛不起來——森嚴的等級社會裡，誰會喜歡一個平民來信呵問「君侯何惜階前盈尺之地，不使白揚眉吐氣」呢？在他們的觀念中，好話不會說，起碼得會說人話吧，否則我階前之地給誰不好，非要給你？

李白的「不會說話」，不擅於對上溝通，也與自身的背景經歷有關。

他的家庭背景，使他自小很難獲得這方面的培訓。王維、杜甫都出身仕宦之家，能提供一些相關的教育濡染，李白卻不行。當別的孩子已早早地「成熟」、「精明」的時候，李白還是虎裡虎氣，說得好聽點就是「太白唯其入世不深，故有高致」。

而當成人歷事之後，李白那稜角突出的性格、不世出的才華，又使他完全不接受這方面的情商改造。他的才華，使他非常自負；他的身世和處境，又使他深深自卑。兩者縫合起來，便造就了這個「對上溝通」時擰巴、唐突、矛盾的李白，貌似不卑不亢，實則又卑又亢，使他連鑽體制的最後一絲縫隙也難能了。

在這方面，杜甫、王維的經歷恰恰是旁證。王維是反面的李白，是一個周至、妥善、圓潤的人，所以際遇也相對最好，即便一度遇到了致命的坎，也最終平安度過。這一節後文會提到。杜甫則算是半個李白，有一半李白的傲、倔、愣，終於得了官身也保不住。

注意，以上這些對李白的評判，只是從他干謁的實際效果出發的。我們心疼的並不是韓朝宗、裴寬等人，而恰恰是李白。權貴們掃了幾眼信之後，多半輕嗤一聲就拋之腦後了，創痕卻是留在李白心靈上的。

每讀到李白那些糾結的干謁文字，你便會知道他在做著特別不擅長、不樂意的事。他莽撞的背後是深深的擰巴和迷茫。寫那些信的時候，他真的是非常、非常不快樂。

注釋

1 從文中「迄於今三十春矣」的話來看，這封信應作於李白三十歲上，裴寬應該已五十多歲了。況且文中稱裴寬「晚節改操」，必定年紀不輕。

2（編注）中國大陸網絡流行語，形容外表軟萌可愛（「奶」指稚嫩）卻故作凶狠的模樣，常見於小孩、寵物或虛擬角色。

3 馬鞍山採石磯李白紀念館有一副對聯，非常有趣。上聯是：「謝宣城何許人，只憑江上五言詩，教先生低首。」下聯是：「韓荊州差解事，肯借階前盈尺地，使國士揚眉。」

莽撞人你可比不了

前文中我們講李白彷彿是個孩子，低情商，自我中心，情緒不穩定，莽撞。

照這麼說，這個人應該無比討厭才對。那便無法解釋一個問題了：為什麼千百年來，人們如此愛他？

中國是詩歌的國度，士大夫幾乎人人會作詩。但數千年來，無數詩人中，可說沒一個在大眾層面得到過比他更多的熱愛，甚至屈原、杜甫都不行。

老百姓對屈原是尊崇懷念，對杜甫是敬重欽佩，但對李白是徹頭徹尾的喜愛，是那種對偶像的忍不住尖叫的愛，是那種提到他就想笑的愛。在人們心中，他永遠是校園裡白衣飄飄、最神采飛揚的那個少年，彷彿是一道月光、一抹彩虹、一片飄逸的雲朵。

他不是「自我中心」嗎，不是低情商且莽撞嗎，這種可愛是怎麼來的呢？

先說他第一個極度可愛之處，孤獨的李白是可愛的：

花間一壺酒，獨酌無相親。
舉杯邀明月，對影成三人。

月既不解飲，影徒隨我身。
暫伴月將影，行樂須及春。
我歌月徘徊，我舞影零亂。
醒時同交歡，醉後各分散。
永結無情遊，相期邈雲漢。
——〈月下獨酌〉

孤獨，是我們無法擺脫的處境，也是每個人最終的歸宿。藝術的使命之一，就是讓我們對抗孤獨。為了逃避孤獨，我們努力地去合群、尋找愛情、結交朋友、迎合社會、討好他人，這一切都是為了不孤獨，然則做起來又總倍感艱難。

而李白大概是為數不多的可以和孤獨打成平手，甚至短時間內戰而勝之的詩人。

月下獨酌的這個夜晚，李白無疑是孤獨的，他沒有朋友，但卻能生生給自己安排兩個朋友：影子與明月。「舉杯邀明月，對影成三人」，再加上酒，他就不可戰勝了。晚上不點蠟燭而喝酒，原本叫「鬼飲」，李白卻喝得眉飛色舞、意興昂揚，哪怕月亮和影子兩個玩伴都「不解飲」，不會喝酒，也不影響他「行樂須及春」。

「我歌月徘徊，我舞影零亂」，李白一個人的酣飲，簡直比寧王、岐王的歡宴還熱鬧；他獨自一人的且歌且舞，比「玉簫金管坐兩頭」的場面還豪奢。這個時候的李白是不可戰勝的，他的天真、豁達，組成了最有力的精神武器，讓孤獨潰不成軍。

李白靠一己之力，改變了整個民族的記憶方式。他把「月下獨酌」這樣一個原本特別寂寞的場景，永遠地變成了我們印象中的歡鬧盛宴。因為有個這樣的李白，每當後世的我們面對孤獨、落寞的時候，都會無端生出一點勇氣，增加一點通達和樂觀。

這樣一個李白，人們怎麼會不愛呢。

李白和杜甫，都是深情之人。據說《紅樓夢》裡原本有個「情榜」，林黛玉是「情情」，就是說能夠鍾情那些有感情的事物，而賈寶玉是「情不情」，對沒有感情的東西，哪怕草木頑石，也抱以深情。

套用這個說法，李白就是「情不情」，對天上的月亮、地上的影子，李白都能給它們點化靈魂、貫注深情，一起歡鬧，最後還揮手分別，真的像對待老朋友一樣。

除了孤獨時可愛，李白還有第二樣可愛，和朋友在一起時，他是可愛的：

> 蘭陵美酒鬱金香，玉碗盛來琥珀光。
> 但使主人能醉客，不知何處是他鄉。
>
> ——〈客中作〉

和權貴在一起時，李白往往擰巴[1]。但只要面對平等相交的朋友，他的情商彷彿瞬間就滿格了，人格瞬間就健全了。「但使主人能醉客，不知何處是他鄉。」何止他開心，主人聽見這話，又能不開心嗎？

脫離了莽撞人的狀態，李白會變得細膩、溫柔、瀟灑又深情。你對於他的善意，他一定能感知到，並且絕不吝於給你用力的回饋與擁抱：

李白乘舟將欲行，忽聞岸上踏歌聲。
桃花潭水深千尺，不及汪倫送我情。
——〈贈汪倫〉

這首小詩，是送給一個叫汪倫的朋友的。

汪倫是安徽涇縣人，有說他是當地一個村民，也有說他是涇縣的縣令，或是地方上的大戶。即便是縣令，和韓朝宗、裴寬等權貴大員相比，那也算是普通人。

李白對韓朝宗、裴寬等權貴說話時，動輒要高檔宴會、要長篇發言，似乎眼大心雄，很難滿足。可是對普通人汪倫而言，打動李白，只需要一場真誠的相送就可以了。

「李白乘舟將欲行，忽聞岸上踏歌聲」，你分明能感受到李白的那種驚喜。汪倫送別他一下，搞點土味的踏歌表演，他就驚喜了，當作了人生中至為美好的時刻，開心到直接揮出兩句大俗的句子：「桃花潭水深千尺，不及汪倫送我情。」看似大俗，其實大雅，信手拈來卻又重如千鈞。

人們總說，這首詩的美好，在於寫出了深厚的友誼。錯了，這首詩最動人的還不是友誼，而是另外兩個字——平等。

一個「李白」，一個「汪倫」，是詩中平等出現的名字，簡單，直白，赤誠，不是「李生」，不是「汪公」，不是「孟夫子」，不是「高中丞」，而就是兩個最樸素的人名，如白雲、黑土一樣。汪倫來送了，李白很高興，這就是詩的全部內容，完全沒有了社會身分，也沒有名氣高低，沒有取悅迎合，沒有客氣套話，大家在人格上完全平等。

平視，是人類之間最動人的視角。為什麼我們讀這首詩，總會感覺和別的離別詩、留別詩都不大一樣？區別就在於這種動人的平等。

除了以上幾種可愛，李白還有一種可愛：和底層的人在一起的時候，他是可愛的。

在他的詩集中，有這樣的詩：

雲陽上征去，兩岸饒商賈。
吳牛喘月時，拖船一何苦。
水濁不可飲，壺漿半成土。
一唱都護歌，心摧淚如雨。
萬人鑿盤石，無由達江滸。
君看石芒碭，掩淚悲千古。

——〈丁督護歌〉

在四處漫遊的時候，李白看到了拖船的民夫，為他們寫了這首詩。

酷暑難耐，天旱水涸，大船巨石要靠人力拖挽，勞動強度可想而知。然而民夫們卻連口清水也沒有，喝的水都是渾濁的，摻雜著泥沙。當精疲力竭的號子聲響起時，李白不禁淚下如雨。

這些民夫的艱辛，讓李白進一步聯想到了芒碭山[2]。那裡出產文石，自西漢梁孝王劉武以來，歷代統治階層不斷開山採石，修建豪華的宮殿陵寢，使當地人民承受了千年不絕的勞役，不知多少底層家庭為之殘破，為之流盡血淚。一種類似後世「興，百姓苦；亡，百姓苦」的強烈悲傷湧上來，使得李白「掩淚悲千古」。

這種詩，是李白即興寫的。他從來沒有什麼反映民生疾苦的創作計畫，純粹是漫遊時遇到，眼中看到、心中痛到，就寫下來了，完全出於一片天然的敏感、善良。底層人民的痛，會瞬間讓他也劇痛。在瀟灑不羈的外表下，李白其實有著一片熱肝熱腸。

不妨再來看他的另一首小詩：

我宿五松下，寂寥無所歡。
田家秋作苦，鄰女夜舂寒。
跪進雕胡飯，月光明素盤。
令人慚漂母，三謝不能餐。
——〈宿五松山下荀媼家〉

天晚了，李白投宿在五松山下的一戶農家。主人叫荀媼，即一名姓荀的老太太。

李白原本是有不開心的事的，所以情緒低落、落落寡合。但他沒在自家心事上糾纏過多，而是很快注意到了農家的辛勞——「田家秋作苦，鄰女夜舂寒。」

荀媼拿出了家裡已算得頂好的食物招待李白——「跪進雕胡飯」，讓李白深受感動。月光之下，看著晶瑩皎潔的盤子和心意滿滿的食物，李白不停道謝，讓了多次都不能進餐。

這是一個人們完全不熟悉的李白。平時，李白總給人桀驁不馴、飛揚跋扈的印象：

痛飲狂歌空度日，飛揚跋扈為誰雄。

——杜甫〈贈李白〉

天子呼來不上船，自稱臣是酒中仙。

——杜甫〈飲中八仙歌〉

然而，在這個秋日的寒夜，農家的餐桌旁，李白完全是另一副樣子。唐玄宗「御手調羹」，他大大咧咧，坦然受之；貧苦村民的一頓農家飯，卻讓他感愧交加、再三謝讓。此時的他是何等謙卑、赤誠，他深深懂得底層人民的不容易，打心眼裡同情、體恤她們。鄰女舂米的聲音，可以說一下下都響在他心上。

這世間，一個人跋扈張揚未必可恨，一個人謙恭謹慎未必可愛，關鍵看是對誰。有些人專門對底層跋扈張揚，對上層奴顏媚骨，那是天下一等一的可厭之人。李白恰好相反，這個「天子呼來不上船」的莽撞人，在面對底層人民時半點也不張牙舞爪，而是謙遜、低調、親切、溫柔——不是那種居高臨下、市恩賣好的親切，而是順溜的自來熟。這就是李白從來不是什麼「人民詩人」，可千百年來人們卻沒來由地親近他的原因。

聞一多曾比較李杜，說李白有杜甫的天才，沒有杜甫的人格。這當真是個誤會。李白和杜甫只是外在表現不同，用流行語講叫「人設」不同，底色卻是一樣的。如學者楊恩成說：「浪漫是其性格特點，而不是李白的人格特點。」渾金璞玉、赤誠無邪，才是他的真人格。

古往今來，藝術上的頂級天才未必都是品格高尚的人，極自私者有之，極昏聵者有之，極淫邪者有之，極暴虐者有之。但唐詩創造了一個特例。

李白與杜甫，兩個站在珠穆朗瑪峰頂上的最傑出的詩人，恰恰都有著熾熱如火、又純淨剔透如水晶的心靈。

注釋

1（編注）中國大陸北方方言，形容性格彆扭、言行矛盾或處事不順暢的狀態。帶有「糾結不自在」的貶義。

2「君看石芒碭」到底怎麼理解？清王琦認為芒碭是地名：「芒、碭諸山，實產文石……役者勞苦，太白憫之而作此詩。」郭沫若則認為芒山、碭山不在一處，這裡也不是地名，而是「迭韻聯語」，「石芒碭」就是石莽撞，形容石頭很大，拖運很苦，並且說流淚的是石頭。事實上，芒碭山歷史上產石，導致人民勞苦，那裡又是李白舊遊之地，他自然熟悉其歷史典故。當他看到民夫拖石辛苦時，自然而然就想到芒碭山，所以寫入詩裡。

與爾同銷萬古愁

有這麼一句關於喝酒的玩笑：其他民族的兄弟喝多了，都是載歌載舞，唯獨漢族人喝多了是：「兄弟你聽我說。」

然而，在盛唐有這麼一號人，喝醉後同樣是「兄弟你聽我說」，同樣是一番東拉西扯、吹牛胡咧，卻說出了非凡的精彩，造就了流傳千古的詩篇。這就是李白和他的〈將進酒〉[1]。

本文就來品讀一下唐詩史上最光輝的「兄弟你聽我說」。事實上，這首詩裡的李白，也是最典型的李白形象，是人們心目中李白的最大公約數。

什麼叫「將進酒」？就是請喝酒、來喝酒的意思。別人喝酒，開場話一般都是客套、家常。李白與眾不同，開場話是「君不見，黃河之水天上來」，給人感覺是但凡有二兩花生米也不至於醉成這樣：

君不見，黃河之水天上來，
奔流到海不復回。
君不見，高堂明鏡悲白髮，

朝如青絲暮成雪。

數千年文化史上，才子如雲、酒徒歷歷，這一句「黃河之水天上來」，大概是最令人意外、也最有名的開場白。

凡人喝酒，關黃河什麼事？據說李白寫此詩是在嵩山，臨近黃河，是否觸景生情？事實上李白本就是「情不情」，哪怕世間無情之物，也總能讓他情動於心。浩蕩的黃河水奔流入海，一去不回，人生之青春豈非也如此？李白想到看到，就要感慨淚下。

他想到明鏡裡的容顏，早晨一頭青絲，晚上就髮白如雪，時間的洪流也恰如滾滾黃河。這一句敦煌本裡作「朝如青雲暮成雪」，我覺得更好，「雲」與「雪」更相對。

這詩剛一起頭，撲面而來的便是龐大的無力感，幾乎立刻要讓人絕望了。

如果是哲人，話說到這裡就可以了，哲人只負責點醒、勘破，不必負責療癒。孔子在川上說：「逝者如斯夫！不捨晝夜。」孔子說到這裡就行了。但李白不是哲人，而是詩人。詩人要對抗孤獨、對抗絕望。詩人的最大敵人往往就是他自己，他要戰勝自己。

所以他說：

人生得意須盡歡，莫使金樽空對月。
天生我材必有用，千金散盡還復來。
烹羊宰牛且為樂，會須一飲三百杯。

在人生那永恆的絕望中，一個李白扶著另一個李白站起來了；那個高舉金樽、痛飲一醉的自己，扶著那個中年失意的自己、有志未酬的自己、感慨傷懷的自己，搖搖晃晃地站起來了。

亞里斯多德說，詩人的職責不在於描述已經發生的事，而在於寫可能發生的事[2]。此時此刻，李白和「亞聖」暫且達成了一致。已經發生的事是什麼？是行路難，是不得志，是「大道如青天，我獨不得出」，是「南徙莫從，北遊失路」，是長安的冷漠世故，是玉真公主別館裡的餓肚子。

此刻，李白壓根不寫這些已經發生的事，只寫他相信可能發生的事，就是「天生我材必有用，千金散盡還復來」——會來的，會有的，會到的，不接受反駁。

這個歡飲中的李白，等於是用酒把那個苦難落寞的李白格式化了，給一鍵還原系統了，又變成了當初豪言「丈夫未可輕年少」的青春模樣。

他開始呼朋喚友：

岑夫子，丹丘生，
將進酒，杯莫停。
與君歌一曲，請君為我傾耳聽。

他要高歌什麼呢？答案就是：

鐘鼓饌玉不足貴，但願長醉不復醒。

古來聖賢皆寂寞，惟有飲者留其名。
陳王昔時宴平樂，斗酒十千恣歡謔。

再華美的音樂、再精緻的佳餚都不足貴，沒什麼了不起，我只願一直痛快地沉醉，不復醒來。

李白一直是個「精神上的古人」，此刻他又開始無厘頭地詮釋歷史了：自古以來，那些醒著的聖賢沒有不寂寞痛苦的，快樂的都是酒鬼，而且美名遠揚。你瞧屈原是醒的，「世人皆醉我獨醒」，結果多麼痛苦；曾子是醒著的，「戰戰兢兢，如臨深淵，如履薄冰」，卻被人讒言。而那些酒鬼，陳王曹植、劉伶、謝安、陶淵明、賀知章卻得享大名。與其孤寂為聖賢，何不快樂當個酒蒙子？

歡宴漸漸進入高潮，就像杜甫說的「清夜沉沉動春酌，燈前細雨檐花落」了。這時李白已經喧賓奪主，大叫大嚷：

主人何為言少錢，徑須沽取對君酌。

主人啊你如何說錢少，只管買酒來喝。「但使主人能醉客，不知何處是他鄉」，這話是李白說的；但主人倘若不能醉客，李白就要自行作主了：

五花馬，千金裘，

呼兒將出換美酒，
與爾同銷萬古愁。

我有五花之馬，又有千金之裘，這高級座駕、名牌時裝，雖然貴重，又怎比今天一醉重要？且呼兒將去，以換美酒，度這歡欣時辰，同銷萬古之愁。

這首詩中，李白彷彿架起了一座天平，把昂揚和痛苦兩種情緒一起放上去，在稱重量。昂揚是這首詩的神貌，痛苦是這首詩的筋骨[3]。

李白要用酒壓倒痛苦，所以寧願耽沉在戰無不勝的醉鄉；要把極度的自信、極度的自戀綁在一起，以蓋過極度的自傷自憐。酒不是他的飲料，而是燃料；酒能點燃和放飛他的靈魂，達到逃逸速度，以掙脫俗世那千鈞重的羈縻，來到絕對的自由之境。

讀了這首詩，哪怕是完全不會喝酒的人，都會想跟李白乾一杯；哪怕完全不喜歡熱鬧的人，都會想聽他歌一曲。那些平時完全沒有憂愁的人，會被他說得有了憂愁，會覺得果然是人生苦短，令人憂傷；可是平時憂愁滿滿的人被他一說，又會變得興高采烈、眉飛色舞，天生我材一定有用，有什麼好擔心的呢？一起開懷暢飲吧，消除那萬古的愁，只留下歡樂。

文學史上，李白之前，從沒有這樣瀟灑狂放的一個形象、一部詩篇。天才的酒蒙子[4]倒也有，可有他的飄逸，就沒有他的縱恣，比如陶淵明；有他的豪邁，就沒有他的天真，比如曹植。陶淵明和世界太和諧了，放下得太徹底了，不如李白糾結；曹植則太知道這個世界是什麼樣子了，不比李白半懂不懂，老充滿奇奇怪怪的幼稚幻想。而〈將進酒〉這種詩，恰恰就需要糾結、撕裂、幻想形成的龐大張力。

況且，一個文學高峰的出現，也需要看歷史的進程。這種排山倒海、噴薄而出的創作，本來就適合七言詩，尤其是更自由自在的七言古詩。但在唐朝之前漫長的時間裡，五言詩是主流，它們太克制、端莊了，寫不出無拘無束、一派汪洋的感覺。陶淵明、曹植好比拿著步槍點射，李白則是端起衝鋒槍橫掃，更何況還有自帶彈夾永遠打不完的天賦技能，他不雄視千古，又能是誰呢。

這詩前輩寫不出來，後輩也寫不出來。王維、杜甫寫不出來，白居易、韓愈、李商隱都寫不出來，更遑論宋、明、清詩人了。就李白寫得出來。

對比杜甫〈醉時歌〉，立意幾乎一模一樣，「得錢即相覓，沽酒不復疑」，不就是「主人何為言少錢，徑須沽取對君酌」？杜甫詩裡「儒術於我何有哉，孔丘盜跖俱塵埃」，不就是「古來聖賢皆寂寞，惟有飲者留其名」？

然而杜甫就是給你感覺在一板一眼作詩，李白卻是在真耍酒瘋；杜甫這詩中寫古人，怎麼看都像在認真用典，李白卻是真的在東拉西扯。

還有蘇東坡「明月幾時有」，同是歡飲大醉後所作，也是人間絕好文字，二者卻就是不一樣。蘇軾像叫得醒，李白是叫不醒；蘇軾這詞布局講究，轉折有致，立意用心，不像李白感覺純屬胸口一噴[5]，完全忘我；對於人生無常之苦，蘇軾是真答，李白是胡答；蘇軾是越說越通透，李白是無理攪三分。

看〈將進酒〉這詩中的李白，你還會感到從頭到尾他的酒意越來越濃。開始兩次說「君不見」時，尚且是微醉、微醺；到後來酒意就漸漸濃了，越來越手舞足蹈了；等到「與君歌一曲」的時候，李白已經喝多了，敲桌子打板凳，又唱又跳，越來越狂放了；等到他對主人指手畫腳，自陳要把五花馬、千金裘都將出換酒喝的時候，他已經幾乎是在桌子上跳舞了。

而當最後「與爾同銷萬古愁」這句吟出後，李白大概已經是仆翻在桌，沉醉不能醒，不省人事了。

不知道大家什麼感覺，反正我是很想給他蓋床被子，睡吧李白，願你的夢裡永遠沒有憂傷。

注釋

1〈將進酒〉是異文非常多的詩，因為名氣大，對比研究也多。敦煌石窟有三種不同的〈將進酒〉手抄本，其中一版題為〈惜罇空〉。內容上也有大量異文。比如「高堂明鏡悲白髮，朝如青絲暮成雪」，異文為「床頭明鏡悲白髮，朝如青雲暮成雪」；「天生我材必有用」，異文為「天生吾徒有俊才」；「古來聖賢皆寂寞」，異文為「古來賢聖皆死盡」等。這可能讓〈將進酒〉愛好者感到錯愕，並感覺異文不夠蘊藉雋永。但事實上敦煌手抄本年代與李白十分接近，很可能更接近李白詩歌原貌。

2見亞里斯多德《詩學》第九章：「詩人的職責不在於描述已發生的事，而在於描述可能發生的事……歷史家與詩人的差別……在於一敘述已經發生的事，一描述可能發生的事。」

3郁賢皓《李白全集注評》：「表面看豪放痛快，實際上苦悶無奈，深沉的悲痛寓於豪語之中，乃此詩主要特徵。」

4（編注）中國大陸東北方言，戲稱長期酗酒或醉酒後神智不清者（「蒙」指迷糊）。帶調侃意味，意似「酒鬼」或「醉仙」。

5宋代嚴羽評《李太白詩集》：「一往豪情，使人不能句字賞摘。盡他人作詩用筆想，太白但用胸口一噴即是。」

如果沒有李白

有一個問題：如果沒有李白，我們的生活會怎麼樣？

似乎並不會受很大的影響，對嗎？不過是一千多年前的一個文學家而已，多一個少一個無關緊要，和我們普通人的油鹽柴米沒有什麼關係。

的確，沒了李白，屈原將沒有了傳人，「飲中八仙」會少了一仙，後世的孩子會少了幾首啟蒙的詩歌，不過也僅此而已。

《全唐詩》大概會變薄一點，但也程度有限，大約是四十至五十分之一。名義上，李白是「繡口一吐就半個盛唐」，但要從數量上算，他詩集的規模遠遠沒有半個盛唐這麼多。在《全唐詩》一共九百卷裡，李白佔據了從第一六一至第一八五卷。少了他，也算不得特別傷筋動骨。

沒有了李白，中國詩歌的歷史會有一點變動，古體詩會更早一點地輸給格律詩，甚至會提前半個世紀就讓出江山。然而，我們普通人對這些也不用關心。

不過，我們倒可能會少一些網路用語。比如一度很熱的流行語「你咋不上天呢」，最先是誰說出來的？答案正是李白：

「耐可乘流直上天。」

他什麼時候說出這話的呢？是一次划船的時候。西元七五九年，李白和朋友乘船。那位朋友正值被貶了官，愁眉不展。當時李白已近六十了，他看著面前苦哈哈的朋友，摸著自己已泛白的長鬚，仰天長笑：多大個破事啊，不就是官小一點嗎？別想不開了，眼前如此美景，我們應該兩忘煙水裡，好好喝酒才對，何必為俗事唏噓呢？

他於是寫下了這首浪漫的名詩，就叫作〈陪族叔刑部侍郎曄及中書賈舍人至遊洞庭〉：

南湖秋水夜無煙，耐可乘流直上天。
且就洞庭賒月色，將船買酒白雲邊。

他們喝著酒，暫時忘記了憂傷，隱沒在煙水之中。

李白還創造了其他的網路熱語嗎？有的，比如「深藏功與名」，出處是李白的〈俠客行〉：「事了拂衣去，深藏身與名。」

如果沒有李白這首詩，金庸也不會寫出武俠小說《俠客行》來。在這部有趣的小說裡，有一門絕世武功正是被藏在了李白這首詩中。

非但《俠客行》寫不出，《倚天屠龍記》多半也懸。滅絕師太的「倚天劍」，是古人宋玉給取的名，但為這把劍打廣告最多、最給力的則要數李白：「擢倚天之劍，彎落月之弓。」「安得倚天劍，跨海斬長鯨。」

如果沒有李白，中國詩歌江湖的格局會有一番大的變動。幾乎所有大詩人的江湖地位，都會整體提升一檔。李商隱千百年來都被叫「小李」，正是因為前面有「大李」。要是沒了李白，他可以揚眉吐氣地摘掉「小李」的帽子了。王昌齡大概會成為唐代絕句首席，不用加上「之一」，因為能和他相比的正是李白。至於杜甫，則會成為無可爭議的唐詩第一人，也不必再加上那個「之一」。

除此之外，我們在日常生活中還會遇到一些表達上的困難。

比如對於從小一起長大的男女朋友，你將沒有詞來準確形容他們的關係。你不能叫他們「青梅竹馬」，也不能叫他們「兩小無猜」，這都出自李白的〈長干行〉。

你也無法形容兩個人相愛得刻骨銘心，這個詞也是出自李白的文章：「深荷王公之德，銘刻心骨。」

豈止無法形容戀人，我們還將難以形容全家數代人團聚、其樂融融的景象，因為「天倫之樂」這個詞也是李白發明的，出自他的〈春夜宴從弟桃花園序〉：「會桃李之芳園，序天倫之樂事。」

「浮生若夢」也不能用了，出處同樣是李白這一篇文章：「浮生若夢，為歡幾何？」「殺人如麻」沒有了，這出自李白的〈蜀道難〉。「驚天動地」也沒有了，這是白居易弔李白墓的時候寫的：「可憐荒塚窮泉骨，曾有驚天動地文。」——沒有李白，又怎麼會有李白墓，又怎麼會有白居易的憑弔詩呢。

揚眉吐氣、仙風道骨、一擲千金、一瀉千里、大塊文章、馬耳東風……要是沒有李白，這些成語我們都不會有了；此外，蚍蜉撼樹、春樹暮雲、妙筆生花……這些成語都是和李白有關的，也將統統沒有了。我們華人連說話都會變得有點困難。

沒有了李白，我們還會遇到一些別的麻煩。

當我們在社會上際遇不好，沒能施展本領的時候，將不能鼓勵自己「天生我材必有用」；我們遭逢了坎坷，也不能說「長風破浪會有時」；當我們和知己好友相聚，開懷暢飲的時候，不能說「人生得意須盡歡」；當我們在股市上吃了大虧，積蓄一空的時候，不能寬慰自己「千金散盡還復來」。這都是李白的詩句。

那個我們印象中很熟悉的中國，也會變得模糊起來。我們將不再知道黃河之水是從哪裡來的，不知道廬山的瀑布有多高，不知道燕山的雪花有多大，不知道蜀道究竟有多難，不知道桃花潭有多深。

白帝城、黃鶴樓、洞庭湖，這些地方的名氣，大概都要略降一格。黃山、天台、峨眉的氤氳，多半也要減色許多。

變了樣的還有日月星辰。抬起頭看見月亮，我們無法感嘆「今人不見古時月，今月曾經照古人」，也無法吟誦「小時不識月，呼作白玉盤。又疑瑤台鏡，飛在青雲端」。

李白如果不在了，後世的文壇還會發生多米諾骨牌般的連鎖反應。沒有了李白「舉杯邀明月」，蘇軾未必會「把酒問青天」；沒有李白的「請君試問東流水」，李煜未必會讓「一江春水向東流」；沒有李白的「大鵬一日同風起」，李清照未必會「九萬里風鵬正舉」。後世那一個個浪漫的文豪與詞帝，幾乎個個是讀著李白的集子長大的。沒有了李白，他們能不能產生都將是一個問題。

我們的童年世界也會塌了一角。那個每個小朋友記憶深處、平均每個人要聽三百遍的「只要功夫深，鐵杵磨成針」的故事也將沒有了。它可是小學生作文的經典萬金油典故。沒有了它，小朋友們該怎麼把作文湊足六百字？

在今天，如何檢驗一個人是不是華人，答案是拋出一句李白的詩。當每一個華人聽到「床前明月光」，都會條件反射般地說出「疑是地上霜」。

看一個文學家的偉大程度，可以看他有多大程度融入了本民族的血脈。我的主業是解讀金庸小說，不論金庸的作品有多少缺憾和瑕疵，華山論劍、笑傲江湖、左右互搏等詞語，都已經融入了我們的血脈之中。

李白，這一位唐代的大詩人，已經化成了一種基因，和每個華人的血脈一起流淌。哪怕一個沒有什麼文化和學歷的中國人，哪怕他半點都不喜歡詩歌，也會開口遇到李白，落筆碰到李白，童年邂逅李白，人生時時、處處、事事都被打下李白的印記。

這本書所寫的年代是盛唐。倘若問一個問題：盛唐的標誌是什麼？或者說，談及盛唐，第一時間反映在你腦海裡的會是什麼？

是雄渾壯健的顏真卿的書法？雍容嫻雅的〈簪花仕女圖〉？跳珠撼玉的〈霓裳羽衣曲〉？以上都對，但人們最先條件反射般想到的，多半是一個名字：李白。

在李白誕生之前，大唐的詩壇已然群星璀璨，使人應接不暇。而到李白誕生之後，才會發現之前的那些詩、那些天才，彷彿都是在為李白做鋪墊，迎接李白其人的出場。

李白誕生之前，唐詩究竟是不是超越了之前的時代，是有爭議的，但李白誕生之後，基本不會再有爭議。

李白誕生前，在中國老百姓的心目中，並沒有一個關於「詩人」的共同形象，也沒有一個關於「天才」的共同印象。他應該更像屈原，還是更像曹操、曹植、陶淵明、孟浩然？並沒有一個答案。在李白誕生之後，這個形象在中國人心裡凝聚成形了，那就是李白的樣子。

不知道李白在世的時候，有沒有預料到這些？他這個人經常是很矛盾的，有時候說自己的志向是當大官、做大幹部，轟轟烈烈幹一場大事，有時候又說自己的志向是搞文學、做研究：「我志在刪述，垂輝映千春。希聖如有立，絕筆於獲麟。」

前一個志向，他沒有實現，但後一個志向他是超額完成了。所謂「垂輝映千春」，他已經輝映了一千三百年的春秋了，還會繼續光輝下去。

願為長安輕薄兒

願為五陵輕薄兒，生在貞觀開元時。
鬥雞走犬過一生，天地安危兩不知。
——王安石

開元二十八年（七四〇），張九齡和孟浩然同年去世。
該年春，張九齡從荊州回鄉掃墓，一病不起，永遠留在了家鄉嶺南。
孟浩然的離世過程則更為戲劇性。當時詩人王昌齡路過襄陽，孟浩然正患背瘡，本來已經快好了，可見到王昌齡後心情大悅，據說大吃了一頓鮮魚，惡疾復發，就此歸天。
巧合的是，二人離世的時候正是開元的末期。僅一年後，唐朝就改元天寶了。這空前的盛世也進入了最後的十餘年。
通常來說，好的時光每到了最後階段，人們便會出現一種情緒，便是急切。
那些想見的人、想經歷的事，都要抓緊時間見上一見、體驗一回，不可留下遺憾。
倘若冥冥之中，人間的文藝也有主宰，有詩歌之神，那麼從開元末期到天寶十四載

（七五五），這十餘年間，我覺得她彷彿也急切起來，緊鑼密鼓地安排著許多事。
黃金的時代已經不多了，還有許多好詩要抓緊時間誕生。她要讓該邂逅的，趕緊邂逅；該相會的，趁早相會；天雷速速去勾動地火，美景快些去把握良辰，不可錯過了那最後的佳期。
有一輪落日，就在急切地等待著王維。
七三七年，王維出了趟遠差。西北前線傳來捷報，名將崔希逸大破吐蕃於青海之畔。朝廷派王維赴邊，以監察御史的身分前去宣慰將士。
一般的解讀，都說這是朝廷有意排擠。因為張九齡罷相，王維也失去了倚靠，被攤派了苦差，逐出權力中心。
我卻更願意理解為這是冥冥中的天意，是詩歌之神的特意囑託：兩千里之外，大漠將有一次落日，務必要讓王維看見。
這一路，王維穿越風煙，來到遙遠的涼州前線。四望是起伏連綿的沙丘，一條長河蜿蜒流過。
一抬頭，他便看見了壯美的落日。它在邊關等待王維已很久了。此刻，這紅日正鼓足餘勇，奮力傾吐餘暉，把大漠與河水染作金黃。看見我啊，王維，看見我！
一首詩飛速地在王維心頭醞釀：

單車欲問邊，屬國過居延。
征蓬出漢塞，歸雁入胡天。

大漠孤煙直，長河落日圓。
蕭關逢候騎，都護在燕然。

這首詩就是名留千古的〈使至塞上〉。當這偉大詩行誕生的一刻，太陽終於滿足地落了下去，長河也終於能釋懷地奔流。盛唐邊塞詩有了最傑出的代表作之一，那倔強的孤煙與豪壯的落日，將永遠鐫刻在人類的詩典上。

有一場寒雨，在等待著王昌齡。

七四〇年冬天，他遭逢不順，被貶去南方的江寧。

順便說下，送別他的人之中有岑參。岑參小王昌齡近二十歲，他對於這位老大哥十分關心。甚至兩年之後，有朋友去江寧，岑參也不忘趁機寫詩託寄給王昌齡，以稍慰思念。這比杜甫對李白的情誼分毫不差。

就和王維的西行一樣，王昌齡的南行，也是一次詩歌的傳奇之旅。

不久後，江寧任上的王昌齡路過鎮江丹陽，遇到一位朋友辛漸。後者是從丹陽取道回洛陽的。

受了委屈的人是最見不得老朋友的。王昌齡便是這樣。兩人分別時是在芙蓉樓，清早的寒涼，加上連綿的秋雨，讓人更多了離愁別緒。

心裡一旦有事，酒也喝不痛快了。想起自己被讒毀的經歷，王昌齡的千言萬語都變成一句話：

「洛陽的夥計們要問起來，你就告訴他們，我還是當初那個老王，沒有一絲絲改變啊！」

他把這一腔心事寫成了詩：

寒雨連江夜入吳，平明送客楚山孤。
洛陽親友如相問，一片冰心在玉壺。
——〈芙蓉樓送辛漸二首〉其一

如同王維的長河落日，王昌齡的這一次寒雨連江，也像是天意的巧算。恰好有之前的含冤被讒，恰好有眼前一場寒雨，恰好有一個故人辛漸，又恰好要去舊識很多的洛陽。哪怕少了一點，或許也不會造就這首詩。

當王昌齡鬱鬱南下的時候，一位叫崔顥的詩人，正沿著另一條路線向長安前進[1]。有一座巍峨的山岳，在臨近終點處沉默地等待著他。

崔顥是汴州人，出自大名鼎鼎的博陵崔氏，當時詩名與王維相齊，又與孟浩然、王昌齡、高適並稱[2]。

他約二十歲就進士及第，後來一直仕途不順遂，長期在太原河東軍幕任職，所做的事似乎很雜，還包括一些到縣裡判折冤獄的瑣事。

儘管一度和王維齊名，但崔顥的生活作風和王維完全相反。

王維早年喪妻，終身沒有再娶，就由裴迪相伴隱居。崔顥卻熱衷於談戀愛，愛娶美女，反覆換了三、四任，這也導致他的風評不太好。他早年寫的詩也比較浮豔，名士李邕為此都不准他進門。

然而中年之後，崔顥的詩風突然一變，浮豔的東西不見了，轉而為雄渾慷慨、風骨儼然。時光和經歷確實是會改變一個人的。

這一年，已過不惑的崔顥從河東軍幕入京，走過華陰縣，猝然遇到被稱為「天下險」的華山。

它俯瞰咸京，扼守潼關。當雨後初晴，陽光照耀下，芙蓉、玉女、明星三峰雄立天外，如鬼斧神工。還有那不可思議的華嶽仙掌，五指分明，宛若神跡。

雄壯的山河，讓崔顥既震撼莫名，又浮想聯翩，揮就了這一首〈行經華陰〉：

岧嶢太華俯咸京，天外三峰削不成。
武帝祠前雲欲散，仙人掌上雨初晴。
河山北枕秦關險，驛路西連漢畤平。
借問路傍名利客，何如此處學長生。

一切的世俗名利，都在偉大的自然面前顯得渺小和虛幻。詩的結尾，崔顥問來往行人，何不放下世俗名利，在此處尋求超脫。這既是問人，也是自問，因為他本身也是名利客之一。

與華山的邂逅，讓崔顥多了一份仙氣。

他最著名的作品，是遊武昌時寫的〈黃鶴樓〉，將這份仙氣發揮得淋漓盡致：

昔人已乘黃鶴去，此地空餘黃鶴樓。
黃鶴一去不復返，白雲千載空悠悠。
晴川歷歷漢陽樹，芳草萋萋鸚鵡洲。
日暮鄉關何處是，煙波江上使人愁。

這首詩行雲流水，任意自然，像是脫口而出的，既有那種飄渺的仙氣，又帶著蒼涼遼闊的意蘊。

李白一定是讀過這首詩的，所以才模仿寫出〈登金陵鳳凰台〉、〈鸚鵡洲〉兩首作品。後來還有傳說，李白到了黃鶴樓，見到崔顥的詩，說「眼前有景道不得，崔顥題詩在上頭」，於是罷筆[3]。

那冥冥中的天意，仍在匆匆完成著任務，促成佳會，了斷因果，讓每個人都去到該去的地方。

八十六歲的賀知章必須回到越州家鄉，去到兒時就熟悉的美麗鏡湖前，才能寫出〈回鄉偶書〉：

少小離家老大回，鄉音無改鬢毛衰。
兒童相見不相識，笑問客從何處來。

來自延陵的南方人儲光羲應該到終南山隱居，在田園中找到他真正的靈感：

垂釣綠灣春，春深杏花亂。
潭清疑水淺，荷動知魚散。
日暮待情人，維舟綠楊岸。
——〈雜詠五首．釣魚灣〉

還有一個按時歸位的，是開頭提到的王維。等待著他的是一個叫輞川的山谷。張九齡去世後，朝政日壞，王維仕進的念頭更淡了，開始過上半官半隱的生活。誦經、念佛、搞裝修，漸漸成了他的三大主業。

他買下了當年宋之問的輞川別業，它位於長安以東數十里處的山林中，周邊有「輞川二十景」，很適合休假式上班。王維精心整治起了別業和園林，每日賞玩山水。

他有一個遊伴叫裴迪，兩人交情極好，長年同遊輞川，撫琴蕩舟，無所不至。二人還一起攢了本詩歌集《輞川集》，共四十首，每人寫二十首。其中王維的作品如：

空山不見人，但聞人語響。
返景入深林，復照青苔上。
——〈鹿柴〉

秋山斂餘照，飛鳥逐前侶。
彩翠時分明，夕嵐無處所。
——〈木蘭柴〉

美麗輞川和灑脫的裴迪，成了王維在這一階段的靈感繆斯：

寒山轉蒼翠，秋水日潺湲。
倚杖柴門外，臨風聽暮蟬。
渡頭餘落日，墟里上孤煙。
復值接輿醉，狂歌五柳前。
——〈輞川閒居贈裴秀才迪〉

這是他贈給裴迪的詩。秋意濃了，山林的顏色轉為蒼翠，泉水也潺潺不停。王維拄著手杖，佇立在柴門外，但見暮色籠罩原野，秋風吹拂，蟬聲依稀。不知裴迪去哪裡了啊，這個調皮的傢伙。

炊煙升起來了，不是「大漠孤煙直」的煙，而是陶淵明所說的「曖曖遠人村，依依墟里煙」的那種。一陣狂放的歌聲忽然傳來，正是裴迪這傢伙。他不知在哪裡喝了村酒，正搖搖晃晃，一步一跌地回來。

至少從天寶三載（七四四）起，十餘年間，王維主要都在寫這樣的田園詩。他努力呵護著內心的平和，也為中國詩壇駐守著寧靜的一角。

事實上，以上這些詩人，至少在人生目前這一時段，不管是順遂也好、坎壈也罷，都尚算是有幸的，因為還處在一個和平盛世的尾巴上。

後來的王安石寫過這麼幾句詩：

願為五陵輕薄兒，生在貞觀開元時。
鬥雞走犬過一生，天地安危兩不知。
——〈鳳凰山二首〉其二

此時此刻，還是詩人們可以「天地安危兩不知」的最後時光，無論是正在艱難打拚的岑參、杜甫，還是半隱居的王維、儲光羲。

說回主題。在歷史的後台，我們想像中的詩歌之神在布置完了以上一切之後，仍然不能放鬆。雖然王昌齡已遇見了岑參，崔顥已路過了太華，賀知章已歸了故里，王維已去了輞川，但那還不夠。

在人間，還有一次最重要的邂逅，或者說相逢，未能完成，她必須要著手去促成這件偉業：李白和杜甫，該相遇了。

注釋

1 崔顥進京任太僕寺丞的時間，以及撰寫下文詩歌〈行經華陰〉的時間，均有爭議。此處按熊篤《天寶文學編年史》：「顥自河東軍幕入京亦必經華陰，詩末云『何如此處學長生』，不似青年時入京舉進士第的思想。從詩的風格上看，亦不像前期作品。姑繫於此。」

2 《舊唐書．文苑傳》載：「開元、天寶間，文士知名者，汴州崔顥，京兆王昌齡、高適，襄陽孟浩然，皆名位不振。」

3 這件事的最早記載見於宋代，計有功《唐詩紀事》云：「世傳太白云：『眼前有景道不得，崔顥題詩在上頭。』遂作〈鳳凰台〉詩以較勝負。恐不然。」說明計有功認為這件事並不可信。及元辛文房《唐才子傳》沿用了這個故事，說：「（崔顥）後遊武昌，登黃鶴樓，感慨賦詩。及李白來，曰：『眼前有景道不得，崔顥題詩在上頭。』無作而去。」事實上李白在黃鶴樓是有寫詩的，如這首〈與史郎中欽聽黃鶴樓上吹笛〉：「一為遷客去長沙，西望長安不見家。黃鶴樓中吹玉笛，江城五月落梅花。」寫得很好，並不是作不出詩來。

李白和杜甫：好兄弟一被子

醉眠秋共被，攜手日同行。
——杜甫

李白第一次見到杜甫那年，是在一個民間詩歌論壇上。名字取得挺浮誇，叫「大唐詩人洛陽高峰論壇」。當然，是我想像的。

那一年李白四十三，杜甫三十二，差了十一歲，一個已經是中年人，一個還算是小夥子。

李白坐的是貴賓席位，他的桌子上是有名牌的。關於他的頭銜該怎麼寫，主辦方猶豫了很久。

一開始定的是「前翰林供奉李白」，後來覺得不好，「前」字不像誇人，倒像戳人痛處。經過一番商量，改成了「著名詩人李白」，含糊點，免得尷尬。

這時候的李白，說一聲「著名」是完全當得起的，雖然翰林供奉的身分沒了，可他影響力還在，幾年前就「稱譽光赫」，已經紅了。

相比嘉賓李白，杜甫是坐在後排的。他有一個小專欄叫「子美的詩」，閱讀量並不太高。現在有個別專家愛說杜甫當時就名頭很大，並沒有這回事。

茶歇的間隙，杜甫上去見了李白，互相客氣了幾句，握了握手。

這是一個中年人和一個青年人的握手，一位知名詩人與一個初入江湖的闖將的握手。在當時的大唐詩壇上，幾乎每一個論壇、每一場活動，甚至每一時每一刻，都在發生著這樣的握手。它本應司空見慣、不值一提。杜甫的名片，李白也許隨手塞兜裡，回頭就找不到了。

奇怪的是，這次有點特殊。兩手相握的剎那，雙方都覺得似乎有一絲電流在跳動，麻酥酥。

李白有點吃驚，忍不住再次打量著眼前的這個年輕人——單薄，瘦削，有一雙真誠的眼睛。

「空了聚啊！」李白主動說。杜甫點頭答應。

幾天後的一個夜晚，燒烤攤上，多喝了點的杜甫已然微醺。他鼓起勇氣試著給李白發了個訊息：

「李兄，來擼串[1]嗎？小西門燒烤。」

五分鐘過去，螢幕忽然亮起，李白回信了：

「來了！幫我烤個韭菜。」

這一次相會，倘若可以買票，後世觀眾是要擠破頭的，可惜兩位當事人那時卻毫無察覺。

李白、杜甫很快成了朋友，真正的朋友。說實在的，李白當時也知道杜甫有才、有學問，但並未覺得有啥太特別。

畢竟那是大唐，能寫的人太多。這個杜家兄弟被稱為「詩聖」，雄視百代、睥睨千古，成了奧林匹斯山上的宙斯，都是後來的事了。放在當時，鬼知道？李白那時所喜歡的，真的只是杜甫這個人。

兩人開始結伴同遊，白天游獵騎馬，晚上飲酒泡吧。李白在歌廳裡吊嗓：「讓我們紅塵作伴，活得瀟瀟灑灑，策馬奔騰，共享人世繁華……」杜甫則在一旁和聲：「吼藕，吼藕，吼藕吼藕藕……」

那時杜甫正年輕，好奇心強，看啥都新鮮。癡迷修仙的李白便領著杜甫浪遊，一同求仙訪道、採藥煉丹。

他們突發奇想渡過黃河，殺奔王屋山，去尋找神祕的道士華蓋君。這餿主意多半是李白出的。等跋山涉水趕到，華蓋君已經死了，弟子大半星散，只剩煉丹爐裡的一堆冷灰。

二人面面相覷。仙是修不成了，但哥倆的遊興還很濃厚，便又躥到梁宋（開封、商丘）一帶繼續遊歷。另一個詩人高適也加入了，此公在商丘待的時間長，算是土著，便成了半個導遊。

三人登上吹台，眺望芒碭山上的雲霧，發了一通懷古的感慨，嗟嘆了些時事，比如當前唐朝四處打仗，讓人擔憂。爾後又躥到商丘東北的單縣，遊玩了琴台，感受了秋日的荒野大澤。

漫遊結束，他們短暫地分別。一年後杜甫到了魯郡，也就是今天的兗州。李白聞訊後又從任城趕去聚了一次。重見杜甫，李白親切地打了他一拳：你怎麼又瘦了！要愛惜身體！

原話是這樣的：

> 飯顆山頭逢杜甫，頂戴笠子日卓午。
> 借問別來太瘦生，總為從前作詩苦。
>
> ——〈戲贈杜甫〉

杜甫說沒辦法，我寫詩很辛苦，哪像你喝一頓酒就能碼十首。李白照例微笑，暗想你懂啥，老子都是偷偷地在用功。

這次的相聚，使兩人感情更加密切。杜甫陪李白攬勝訪友，把當地的池台名勝走了個遍，甚至「醉眠秋共被，攜手日同行」，好到蓋一床被子。杜甫愈發佩服李白的詩才，說「李侯有佳句，往往似陰鏗」，把這位兄長比作南朝時的大詩人陰鏗。當然，這只是杜甫當時的認知，後來他對李白的評價還會不斷提高。

終於，在兗州城東的石門山，兩人把酒話別。雙方依依不捨，都不確定是否有機會再碰杯。分別時，李白留下了深情的詩句：

醉別復幾日，登臨遍池台。
何時石門路，重有金樽開。
秋波落泗水，海色明徂徠。
飛蓬各自遠，且盡手中杯。
——〈魯郡東石門送杜二甫〉

翻譯成現代歌曲就是：「朋友你今天就要遠走，乾了這杯酒。忘掉那天涯孤旅的愁，一醉到天盡頭。」

石門一別，李白、杜甫再未相會，「重有金樽開」的期待終於落空。但這並不是他們關係的結束，就像詩中寫的一樣，他們的友誼會像徂徠山一樣萬古長青。

分手之後，李白南下吳中繼續漫遊，杜甫則去往長安，追逐功名事業。

來到這座宏偉的帝都，起初，他還不改在梁宋時的豪放，除夕之夜還在客店裡聚眾賭博，大喊著「五白」，哪怕天很冷了，還露著胳膊光著腳地大賭。

他的社交圈子也擴大了，結識了不少帝都的風雲人物，包括汝陽王李璡、左相李適之等。但他對於李白的愛一點兒也沒有減少。在和長安的人物交往時，他不時打聽關於李白的故事，說起他的神貌風采。眾所周知，愛上一個人之後，便難免忍不住要對旁人提起他的姓名，蒐集他的一切周邊消息，哪怕聽到別人偶爾說到他都會笑。

此時的長安正流行著許多關於李白的傳說，人們常常繪聲繪色講起那些段子，譬如天子有事找，李白卻已喝得大醉；譬如賀知章和李白一見如故，呼李白為「謫仙人」，解金龜換酒款待。

聽著這些故事，暢想著李白和朋友們癲狂痛飲的風采，杜甫常常開懷大樂。他為此還寫了一首著名的詩〈飲中八仙歌〉：

知章騎馬似乘船，眼花落井水底眠。
汝陽三斗始朝天，道逢曲車口流涎，恨不移封向酒泉。
左相日興費萬錢，飲如長鯨吸百川，銜杯樂聖稱避賢。
宗之瀟灑美少年，舉觴白眼望青天，皎如玉樹臨風前。
蘇晉長齋繡佛前，醉中往往愛逃禪。
李白一斗詩百篇，長安市上酒家眠，
天子呼來不上船，自稱臣是酒中仙。

張旭三杯草聖傳，脫帽露頂王公前，揮毫落紙如雲煙。
焦遂五斗方卓然，高談雄辯驚四筵。

一說到李白，杜甫的筆墨就浪漫了起來。這首詩裡描寫了長安的八位名士，或者說八大酒鬼：賀知章、汝陽王李璡、左相李適之、崔宗之、蘇晉、李白、張旭、焦遂。李白被安排在第六位出場，這很好理解，畢竟他只是一介布衣，無論以尊卑還是年齒論都要放在後面。但不難看出李白是全詩的詩眼，且一個人獨佔四句，為八人中最多。字裡行間都能品出杜甫對他橫溢的愛憐[2]。

又是一年春天到了，和風駘蕩、樹木滋榮，杜甫繼續寫下一些思念李白的詩。有時候，當你走得越遠，見識的人物越多，對一些人和事的認知就會越清晰。杜甫就是這樣，在遍識了京城群英之後，他發現仍然沒有能和李白相埒者。他對李白的欽敬和思念更加濃烈：

白也詩無敵，飄然思不群。
清新庾開府，俊逸鮑參軍。
渭北春天樹，江東日暮雲。
何時一樽酒，重與細論文。

——〈春日憶李白〉

當初一起遊玩時，杜甫只感覺李白的詩風很清秀，類似南朝詩人陰鏗。但現在他已認為李白的詩堪稱「無敵」，清新可比庾信，俊逸則能敵鮑照，二者都是南北朝的頂級文士，而李白兼具二家之長。

這評價已是悄悄升級了。杜甫此時或許已隱約感到，李白怕不只是一時一代之才，而是千古之才。

漸漸地，杜甫也奔忙起來，要為自己尋找出路。長安生存很難，物價又貴，慧眼識才的人並沒有想像的多。杜甫白天敲開達官貴人的門，去博取青睞、提攜，得到的往往是敷衍的承諾和一些殘羹冷炙，晚上只能懊喪地回來。現實的力量像山一樣籠罩著他。

當人生步入某一個階段，便會忽然發現朋友不再增多了，而是開始減少、凋零。三十四、五歲後，杜甫驀地察覺自己也到了這個階段。

天寶六載（七四七），「飲中八仙」裡的左相李適之服毒身亡。他先是被李林甫構陷而罷相，貶宜春太守，後又遭追逼迫害，不得已自盡。天寶九載（七五〇），汝陽王李璡也去世了。「八仙」中的崔宗之情況不明，但提攜他的大員韓朝宗此時也受到迫害，想必崔宗之的日子也不會好過。

再加上已經病故的賀知章、流浪遠鄉的李白、遷居洛陽的張旭，可以說「飲中八仙」已然崩解。

「八仙」之外的朋友們命運也類似。和杜甫走得較近的大臣嚴挺之，因為屬於張九齡一系，早在幾年前就被李林甫打擊排擠，憂懼而逝。很欣賞杜甫的北海太守李邕遭李林甫嫉恨，被酷吏杖死。

這些人中，有很多是李白和杜甫共同的朋友。比如李邕，世稱「李北海」，是馳名一時的名士和書法家，對李白和杜甫都很友善，他的慘死讓李杜二人都感覺很悽惶。

李白那邊的交遊圈情況也類似。他曾上書求助的韓朝宗、裴寬都因為和李適之親善，遭到流貶。韓朝宗不久後死去，裴寬則心灰意冷，一度請求出家為僧。

這已經不只是人生的悲劇，還是時代的悲劇。學者馮至這樣描述當時的情形：

「開元時代遺留下來的一些比較正直的、耿介的、有才能的，或是放誕的、狷潔的人士，幾乎沒有一個人不遭受他（李林甫）的暗算與陷害。[3]」那種舒朗、瀟灑、崇尚知識的空氣沒有了，李白、杜甫的生存環境日益惡劣逼仄。

此後，杜甫和李白的人生又各有許多坎坷。杜甫又一次應舉不第，後來僥倖得了個微官，卻被猝然爆發的「安史之亂」打斷。從此杜甫基本是攜家帶口顛沛流離。

李白則一度隱居廬山，但在安史亂中投靠了永王李璘，不想李璘反叛，兵敗身死，李白被流配夜郎。他還受到了社會輿論的攻擊，人們對其口誅筆伐，甚至欲殺之而後快。

友情，一向是易碎品。雙方隔絕時間的拉長，彼此命運的顛沛，都容易使人把朋友淡忘。更何況，李杜兩人一個漂泊無依，一個戴罪「社死」，哪有精力去顧惜彼此呢？

可就是在這種情況下，杜甫對李白的關心和思念從來不曾減少，反而歷久彌新。李白的身影經常在他夢中出現。

乾元二年（七五九），杜甫帶著家人流寓秦州，此時他已四十七歲，貧病交迫，要靠賣藥和朋友接濟為生。這一夜，他又夢見了李白。

夢中，他恍惚看見了李白滿頭白髮，當年同遊時的軒昂瀟灑早已不見了。他還聽見了李白傾訴這些年的不幸、困頓，以及飽受世人謾罵攻訐的苦痛和委屈。

杜甫飽含熱淚，披衣而起，寫下了兩首〈夢李白〉。其中一首是這樣的：

浮雲終日行，遊子久不至。
三夜頻夢君，情親見君意。
告歸常局促，苦道來不易。
江湖多風波，舟楫恐失墜。
出門搔白首，若負平生志。
冠蓋滿京華，斯人獨憔悴。
孰云網恢恢，將老身反累。
千秋萬歲名，寂寞身後事。

這首詩的真誠、憂慮，還有對李白遭遇的感同身受和無限同情，都不必多說了。在此只說一點，它完全不是這首詩的重點，但對李白而言，或許是個意外的巨大安慰，那就是杜甫此時已然篤定，李白將會有「千秋萬歲名」。

三十出頭的時候，杜甫覺得李白的詩不過「似陰鏗」。過了一些年，認識深化了，覺得李白「詩無敵」。

再後來，他認為李白「筆落驚風雨，詩成泣鬼神」、「流傳必絕倫」，已對他推崇得無以復加。

而到了人生晚年，杜甫已具備歷史的高度和眼光，完全了然李白將會有「千秋萬歲名」，只不過生前無法變現而已。

這是一代大才對另一位大才的瞭解和洞察。

聞一多曾說，李白和杜甫的相遇，是「青天裡太陽和月亮走碰了頭」。他在《唐詩雜論》裡這樣描述二者的友誼：

> 我們該當品三通畫角，發三通擂鼓，然後提起筆來蘸飽了金墨，大書而特書。因為我們四千年的歷史裡，除了孔子見老子（假如他們是見過面的），沒有比這兩人的會面更重大，更神聖，更可紀念的。我們再緊逼我們的想像，譬如說，青天裡太陽和月亮走碰了頭，那麼，塵世上不知要焚起多少香案，不知有多少人要望天遙拜，說是皇天的祥瑞。

誠然，李白和杜甫居然能做了朋友，友誼還貫穿後半生，始終如一，這在人類文明史上也是無比稀罕珍貴的。

類似這般的「巨人的友誼」，別的時候倒也偶有發生。歌德和席勒友誼甚篤。雨果和巴爾扎克曾有些嫌隙，但也終於化解。巴爾扎克逝世後，雨果還留下了感人的演說。

但那畢竟都不是古代，交通、通訊都遠為發達，兩位巨匠要相遇、相知的難度都小得多。

更別提那些水火不容的天才了。歌德和貝多芬一見面就齟齬起來，鬧得不歡而散。沙特與卡繆起初關係不錯，最終卻反目成仇。馬奎斯甚至被尤薩飽以老拳。相比之下，李白和杜甫那童話般的相遇、相得，足以讓我們頂格地慶幸、感激。

當然，也別忘了，所謂人間要焚起多少香案、如何望天遙拜的說法，只是後人的一廂情願罷了。

世人總愛事後諸葛地給自己加戲。在李白、杜甫還活著的當時，可沒有什麼「香案」，沒有幾個人「望天遙拜」，更沒有人說是「皇天的祥瑞」，多的只是對他們的疏離、放逐、鄙夷、謾罵。這太陽和月亮都灰頭土臉，各自蒙塵，只能彼此安慰著彼此。

甚至，是各自唯一的彼此。

注釋

1（編注）中國大陸對「吃燒烤」的俚稱，源自手持竹籤（串）順勢擼下食物的動作，反映市井宵夜文化。

2 陳貽焮《杜甫評傳》就說：「其餘七人或二句或三句，唯獨李白四句，倒不一定有意突出，只是對他感情最深，提到他不覺話就多了。」

3 見馮至《杜甫傳》。

公主琵琶幽怨多

妾心何所斷，他日望長安。
——宜芳[1]公主

無論多麼不情願，時代總是掉頭向下了。

天寶四載（七四五），一支和親的隊伍簇擁著一位妙齡少女，迤邐行到北方的虛池驛。少女就是宜芳公主，姓楊，是此次和親的主角。關於她的身分，一說是唐玄宗的外孫女，是玄宗第十三女衛國公主和楊氏結婚所生；一說她父母不明，只是出身宗室的女子，在唐朝與東北的奚和親時被選中，要嫁給奚首領李延寵。

宜芳公主雖然年少，但「有才色」，聰慧能詩。寒涼的驛站裡，想到遠方的親人和未來叵測的命運，她悲傷難禁，在身旁屏風上寫下了一首詩：

出嫁辭鄉國，由來此別難。
聖恩愁遠道，行路泣相看。

沙塞容顏盡，邊隅粉黛殘。
妾心何所斷，他日望長安。
——〈虛池驛題屏風〉

在少女的想像中，她將會在荒冷孤獨中終老異鄉，一生苦痛地凝望長安。

然而，現實比她的想像還要殘酷血腥得多。她是三月出嫁的，到九月，奚人就翻臉了，「殺公主以叛」——花信年華的宜芳公主喪命異鄉。另一位同時和親契丹的靜樂公主也被殺死，契丹也反了。

「兩蕃」為什麼這樣狠毒辣手、反覆無常？除了依附唐朝的本心就不誠，重要原因之一是唐朝邊將喜愛啟釁邀功。

當時鎮守東北邊境的是安祿山。《資治通鑑》載：「安祿山欲以邊功市寵，數侵掠奚、契丹。奚、契丹各殺公主以叛。」

安祿山搞事，其操作之騷，令人瞠目結舌。當「兩蕃」歸附時，安祿山屢次引誘奚、契丹首領飲宴，給他們喝有毒的莨菪酒。這是一種神經毒素，喝了會頭暈、嘔吐。安祿山動輒坑騙數千人，砍下酋長們的頭送給玄宗，「前後數四」，以博封賞。

這甚至讓人懷疑奚、契丹首領是咋想的，莫非喝安祿山的酒有癮，上了一次當還不夠。

大將們愛搞事，根本原因是皇上的喜好。唐玄宗到了統治後期，聽戲、打球甚至修仙都已不過癮了，而是愈發窮兵黷武、貪求邊功。在邊境，大將啟釁開戰往往成為升官發財的快速通道，屢試不爽。老成持重的名將崔希逸、王忠嗣，貶的貶、死的死，貪功好戰[2]的哥舒翰、高仙芝都晉升。將帥們該如何選擇已不言自明。

從安祿山的立場上說，東北方向不打，西北方向也要打；俺這裡不打，哥舒翰也要打。不打白不打。可憐的宜芳公主就成了犧牲品。

自此，稍微穩定的東北戰場重燃戰火。天寶九年（七五〇）起，安祿山連續攻契丹，損兵折將，六萬大軍覆沒。其敗象之慘，連一向比較佛系的王維也斥責：「萬里不見虜，蕭條胡地空。無為費中國，更欲邀奇功。」安祿山大敗之後也終於回過神來：他奶奶的，還是掉頭打長安更容易。

除了東北方向，唐朝在西北邊境的「騷操作」也是不斷。

起初，西北戰線的主持人之一是名將崔希逸。王維寫〈使至塞上〉時就是奉旨宣慰他的部屬。

唐朝在西線的勁敵是吐蕃。雙方本來維持了一段時間的和平，於赤嶺豎碑分界，互不攻殺。崔希逸便對吐蕃將領乞力徐說，兩國既然相安和好，不如撤掉邊境防備，方便人民耕種放牧。

乞力徐起初不信，怕被唐朝玩弄了，但轉念一想崔希逸的確是好人，認為「常侍忠厚，必是誠言」，於是雙方殺白狗為盟，撤掉守備。

不久，唐朝邊將孫誨想要立功，便勾結內臣，設計令崔希逸突襲吐蕃。崔希逸無法違抗，只能執行，大破吐蕃於青海之畔，斬首無數。

吐蕃人怒不可遏，就沒見過這麼玩的，遂與唐朝復又交惡，大打出手。崔希逸雖然取得了勝利，卻並不開心，「自念失信於吐蕃，內懷愧恨」，就此死去。

天寶六載（七四七），唐玄宗又令名將王忠嗣進攻吐蕃石堡城。王忠嗣為人與此前的崔希逸類似，較為穩慎持重，他認為石堡易守難攻，強攻要損失數萬士卒，且其戰略價值被高估，「得之未足以制敵，不得亦無害於國」，不肯聽命。

唐玄宗非常不悅。李林甫等趁機讒毀，王忠嗣一代名將，竟然被貶後憂死。

替代王忠嗣的是大將哥舒翰。此人執行力強得多，他立刻順應玄宗之意強攻石堡，結果恰恰證明了王忠嗣的判斷，果然死亡數萬人而拔城，擒敵僅四百餘。唐玄宗封哥舒翰為御史大夫，他因而穿上了官員裡最貴重的紫袍，紅極一時。

這一戰，即便在當時也是非常有爭議的。李白對此便很不屑，寫詩說：「君不能學哥舒，橫行青海夜帶刀，西屠石堡取紫袍。」

「騷操作」是會傳染的，安祿山、孫誨的招數很快就被別人學去了。如高仙芝屠石國。石國是西域古國，昭武九姓之一。在「石堡之戰」一年後，邊將高仙芝詐與石國約和，趁其不備突襲，石國倉皇失措，無力抵抗。高仙芝縱兵屠戮石國老弱，掠走金寶。石國國王則被俘虜至長安斬首。這等於是送給了石國一場提前數百年的「靖康之恥」。於是西域小國紛紛倒向大食反唐。

倘若說以上和吐蕃、契丹、奚等的戰事還有邊防上的需求，孰是孰非還可探討，那麼和南詔的作戰則是「騷操作」的極端體現，在道義上完全站不住。

兩唐書記載得很清楚，與南詔之戰，直接導火索居然是一個色鬼太守張虔陀。此人是雲南太守，負責鎮撫南詔。他為人「矯詐」，欺壓勒索無度，甚至奸辱南詔王閣羅鳳的妻子，事後又惡人先告狀，上奏南詔謀反。閣羅鳳發兵攻雲南，殺了張虔陀。

朝廷派劍南節度使鮮于仲通驅大軍討伐南詔。這人是依附楊國忠上位的，平庸無能。閣羅鳳遣使謝罪求和，陳述了事情前後經過，提出返還俘虜，重修姚州城，否則就將轉而依附吐蕃。結果使者被鮮于仲通囚禁。

最終雙方一場激戰，唐軍全軍覆沒，士卒死者六萬[3]，蒼山洱海化為修羅場，只有鮮于仲通僥倖逃回。大權在握的楊國忠卻「掩其敗狀」，對內仍然虛稱戰功，讓唐人誤以為自己打贏了。鮮于仲通照樣當京兆尹。

數年後，楊國忠又命李宓率兵七萬進攻南詔，打算贏兩次。結果李宓敗在對方的消耗戰下，七萬大軍覆沒，李宓身死。

這一戰打得十分淒慘。高適寫過〈李宓南征蠻詩〉，其中洩漏了一些慘狀：「餉道忽已遠，縣軍垂欲窮。……野食掘田鼠，晡餐兼僰僮。」寫到因為糧餉斷絕，士兵只能挖田鼠吃，甚至吃人。

楊國忠繼續奉行「沒人知道的大敗就是大勝」，嚴禁非議，滿朝無人敢言[4]。

有人好奇：到處打仗，唐朝一定打出了威風吧？諷刺的是，哪怕不談是非，僅說利害，唐朝也吃了大虧[5]。

天寶後期攻伐頻頻，敵人卻越打越多，形勢越打越壞，東北、西北、西南的局勢總體都惡化了。比如南詔被迫全面倒向吐蕃，西域諸國則去連結大食。高仙芝屠石國後，石國王子逃出，向諸國泣訴，西域「諸胡皆怒，潛引大食欲共攻四鎮」，最終怛羅斯一戰，高仙芝大敗，又送給唐朝一場全軍覆沒。

國家和人民也給打窮了。天寶年間，每歲軍費由開元前的二百萬增至一千一百多萬，「公私勞費，民始困苦」。連年戰事，受益的只是那些將領和附庸倚靠他們的黨羽僚屬，人民承受的是巨大的苦痛。

「無何天寶大徵兵，戶有三丁點一丁。」為了攻打南詔，唐朝大規模在長安、洛陽和河南、河北一帶蒐羅兵丁，但凡不願去的，就派御史分道捕人，帶著枷送到軍所。

有一個詩人見證了這一幕，他就是杜甫。

他看見一路路隊伍倉皇經過，混亂的腳步、車輪使得塵煙大起，把前方渭水上的咸陽橋都要遮蔽了。父母妻兒號泣相送，哭聲震野，慘不可聞。

杜甫上前詢問，對方躊躇再三，才小心翼翼地回答：「這些年來打仗不斷，一會兒徵兵打南詔，一會兒徵兵打吐蕃，男丁抽光，華山之東千千萬萬個村落都蕭條了，田地撂荒，長滿荊杞。您去看看吧，多少地方都只剩婦女在耕作，拚死拚活種點地，當官的還拚命催租，這不是要了老命嗎？」

杜甫把這些觸目驚心的見聞寫成一首詩，那就是〈兵車行〉。詩句十分通俗明白，幾乎都不用逐字逐句翻譯：

車轔轔，馬蕭蕭，行人弓箭各在腰。
耶娘妻子走相送，塵埃不見咸陽橋。
牽衣頓足攔道哭，哭聲直上干雲霄。
道旁過者問行人，行人但云點行頻。
或從十五北防河，便至四十西營田。

去時里正與裹頭，歸來頭白還戍邊。
邊庭流血成海水，武皇開邊意未已。
君不聞漢家山東二百州，千村萬落生荊杞。
縱有健婦把鋤犁，禾生隴畝無東西。
況復秦兵耐苦戰，被驅不異犬與雞。
長者雖有問，役夫敢申恨？
且如今年冬，未休關西卒。
縣官急索租，租稅從何出？
信知生男惡，反是生女好。
生女猶得嫁比鄰，生男埋沒隨百草。
君不見，青海頭，古來白骨無人收。
新鬼煩冤舊鬼哭，天陰雨濕聲啾啾！

從這首詩裡，彷彿能看到「盛世」後期一個普通人濃縮的命運：一個關中人，十五歲就不幸被送上北方前線，因為年紀太小，去的時候還是里正給他裹的頭。如今漸漸衰老，四十歲就頭髮白了，卻又要戍守邊關。皇帝好大喜功，邊關慘烈廝殺不斷，流血淌成了海水，一不小心他就可能葬身在萬里之外，變成無人收的白骨。

與此同時，他的家鄉已經破敗，田地都荒蕪了，租稅卻一點沒少。縣官催逼很急，他的家人活不下去，甚至可能已被迫逃亡，只剩一個無法回還的故鄉。

和這個戍卒形成鮮明對比的，是另一個人——高高在上的唐玄宗。他還沉浸在開疆拓土的宏大美夢裡，不斷徵調士卒，幹著「弊中國以邀邊功，農桑廢而賦斂益急」的事。身邊的佞臣不斷吹捧，使他完全不知道自己治下的唐帝國已經千瘡百孔。

有人說〈兵車行〉是一首諷刺詩。在我看來，這早已經不是「諷刺詩」，而是「直刺詩」。所謂諷刺往往是婉言隱語，〈兵車行〉卻幾乎面斥到當權者臉上了，是一首絕對勇敢無畏的詩。

耐人尋味的是，面對天寶年間「武皇開邊意未已」的局面，盛唐詩人們表現出了不同的立場和態度。最典型的就是一起遊梁宋的三個朋友：李白、高適、杜甫。三人的價值觀開始微妙地分道揚鑣。

高適的態度是：多鼓掌，多讚美，少得罪人。

他是個心裡特明白的人，如果不牽扯到直接當事人的，高適往往能說幾句公道話。比如：

漢家能用武，開拓窮異域。
戍卒厭糠核，降胡飽衣食。
——〈薊門行〉

「漢家」拚命開拓，前線士卒吃的是最糟糕的食物，而反覆無常的降胡卻被賜予大量財物，吃飽穿暖。

豈無安邊書，諸將已承恩。
惆悵孫吳事，歸來獨閉門。
——〈薊中作〉

這裡隱隱也有指朝廷濫行封賞，卻解決不了實際問題。

然而，一旦牽涉到具體的戰事，或是自己要倚靠的上層主管，高適就往往歌功頌德，連戰敗了也硬誇不誤。他作這類詩的目的非常明確，就是維護上層關係，結好當事的大臣大將。以李宓伐南詔之戰為例，這是楊國忠策劃的一場愚戰惡鬥，不但起因荒唐，結果也是全軍皆沒的慘敗，犧牲了數萬將士的生命。後來白居易有詩云「又不聞天寶宰相楊國忠，欲求恩幸立邊功」，說得非常明白透徹。

高適卻用力寫詩粉飾，故意含糊打仗的原因和戰果，只恭維楊國忠和李宓：

聖人赫斯怒，詔伐西南戎。
肅穆廟堂上，深沉節制雄。
⋯⋯
長驅大浪破，急擊群山空。
餉道忽已遠，懸軍垂欲窮。
精誠動白日，憤薄連蒼穹。
野食掘田鼠，晡餐兼僰僮。

……
歸來長安道，召見甘泉宮。
廉藺若未死，孫吳知暗同。
相逢論意氣，慷慨謝深衷。
——〈李宓南征蠻詩〉

硬誇楊國忠、李宓是孫武、吳起、廉頗，彷彿打了大勝仗一樣。更恐怖的是，把吃人也當作艱苦奮鬥的成績來標榜，「晡餐兼焚僮」就是吃對方民族的少兒。

哥舒翰攻打石堡城，死傷慘重。高適對哥舒翰的軍事行動卻一直極力讚美：

獻狀陳首級，饗軍烹太牢。
俘囚驅面縛，長幼隨顛毛。
氈裘何蒙茸，血食本膻臊。
漢將乃兒戲，秦人空自勞。
……
——〈自武威赴臨洮謁大夫不及因書即事寄河西隴右幕下諸公〉

當時高適去臨洮想拜見哥舒翰，沒能遇到，於是寫詩投寄。僅從記錄歷史的角度上說，這些詩句是很有價值的，被俘的吐蕃老少的形貌、生活習俗都寫到了。

後來哥舒翰破九曲，高適寫詩又賀，場面更加血腥：「泉噴諸戎血，風驅死虜魂。頭飛攢萬戟，面縛聚轅門。」

從這些詩，能看出高適此人跟得緊、拎得清。後來他能青雲直上，做節度使、封侯爵，也和他這種素質有關係。事實上他發跡的第一步就是得到了哥舒翰的賞識，做了其幕僚。

必須說明的是，寫這樣的詩，是當時的風氣使然，和高適持相似調子的是多數。王維、儲光義等「隱士」都例行歌頌了這些開邊的戰鬥。儲光義還和高適一樣寫詩讚頌過安祿山。

放眼天下詩壇，最與眾不同的兩個人就是李白和杜甫。

他倆並沒有事先約定，卻又無巧不巧地站在了一起，表現出了相近的價值觀。兩人寫了那麼多詩，卻幾乎沒有粉飾過任何一場天寶後期殘民拓邊的戰爭[6]，更多的是牴觸和反感，為底層人的苦難說話。

杜甫〈兵車行〉前文已說過。另一首膾炙人口的〈前出塞〉，可說是他完整價值觀的陳述：

挽弓當挽強，用箭當用長。
射人先射馬，擒賊先擒王。
殺人亦有限，列國自有疆。
苟能制侵陵，豈在多殺傷。

——〈前出塞九首〉其六

李白這首〈書懷贈南陵常贊府〉，一樣寫高適拚命粉飾的南詔之戰，內容卻截然不同，你甚至會懷疑這是不是平行世界裡的：

雲南五月中，頻喪渡瀘師。
毒草殺漢馬，張兵奪秦旗。
至今西二河，流血擁僵屍。
……

——〈書懷贈南陵常贊府〉

另一首〈古風〉和高適之作同樣寫到「聖皇之怒」，可李白看到的現實也完全不一樣：

赫怒我聖皇，勞師事鼙鼓。
陽和變殺氣，發卒騷中土。
三十六萬人，哀哀淚如雨。
且悲就行役，安得營農圃。
不見征戍兒，豈知關山苦。
李牧今不在，邊人飼豺虎。

——〈古風五十九首〉其十四

「聖皇」過了癮，大將取了紫袍，可征戍人卻破家喪命，李白對此絲毫興奮不起來。

另一首名作〈戰城南〉，李白是這樣寫的[7]：

去年戰桑乾源，今年戰蔥河道。
洗兵條支海上波，放馬天山雪中草。
萬里長征戰，三軍盡衰老。
……
烽火然不息，征戰無已時。
野戰格鬥死，敗馬號鳴向天悲。
烏鳶啄人腸，銜飛上掛枯樹枝。
士卒塗草莽，將軍空爾為。
乃知兵者是凶器，聖人不得已而用之。

這首詩慷慨蒼涼，悲天憫人。金庸在武俠小說《天龍八部》裡，寫到契丹英雄蕭峰一力阻止宋遼戰爭時，就在雁門關外聽人吟誦了李白這首詩，並深為動容。

李白和杜甫，都不是善於謀身的人，甚至可以說幼稚。要論從政的圓熟老練，他們和高適相比，簡直差了十個岑參。

但由於天生的一片赤誠和悲憫之心，完全憑著良心和直覺去看待世界，結果在一些大事上，這兩個「幼稚」的人反而顯得最有思想性，也最有遠見，超出了同時代的任何詩人。

在盛唐群星匯聚的光明頂上，為什麼偏偏是他兩個成就一仙一聖，卓絕獨立，超出儕輩？這並不只是因為作詩的才華和技巧，怕也因為他們兩人最本色純粹、自然天真，因而最能得證大道。後世在文學上能達到這一高度的，如蘇東坡、曹雪芹，都是這一類的人。

且說和親而死的宜芳公主。她的慘死異鄉，讓許多人心為之惻。有人尋找過她的墳墓，在一些史料筆記中翻到過「宜芳縣」、「皇姑墳」之類的地名，懷疑是她歸葬之處，但終於是無法確證。

不少人也因此抨擊和親政策。中唐的戎昱就寫了這首廣為傳頌的〈詠史〉詩：

漢家青史上，計拙是和親。
社稷依明主，安危托婦人。
豈能將玉貌，便擬靜胡塵。
地下千年骨，誰為輔佐臣。

這種心情是可以理解的。隨意又草率的和親，確實於國無補，徒然把無辜的少女推入火坑。如今許多歷史愛好者更是認為，和親是屈辱、軟弱的表現，只依賴和親，失去骨氣、血性，國威就將不振。

然而看待歷史不能只停留在這個層面。往深裡稍微問一句：問題真的是出在和親上嗎？天寶年間吐蕃、奚降而復叛，是因為唐朝軟弱，不夠「鐵血」，只會和親嗎？

事實恰恰相反，真正的原因之一反而是邊將輕佻啟釁，激起「殺公主以叛」的事件。而往根本上說，則是由於玄宗的好大喜功。

宋代范祖禹《唐鑑》說過這樣的話：

上之所好，下必有甚者矣。明皇崇老喜仙，故其大臣詖，小臣欺，蓋度其可為而為之也。不惟信而惑之，又賞以勸之，則小人孰不欲為奸罔哉？

此處說的是玄宗的修仙愛好，但放到戰事和對外策略上，也是一樣的。主上愛過癮，底下人就會想方設法幫你過癮，以博取晉升資本。在這種狂熱氣氛的綁架下，唐朝無法再進行理性的決策，也無法推行一個穩定統一的對外政策。

歷史一旦進入這種通道，無論「和」還是「戰」，無論和親還是招親，都是十分危險的。天寶中後期，唐朝的邊境行為往往都呈現出一個特點，就是普遍地輕佻、狂浪。大臣、邊將們決策往往不以利國為目的，而只顧投上所好、對上演戲，甚至明知誤國、毀國，只要主子喜歡也照幹不誤。反正天塌下來是大唐的天，關我鳥事？

這種危局並不是沒有人看出來。

李白曾到了幽州，目睹了安祿山尾大不掉的危險局面。事後回憶，他痛心地寫下：

十月到幽州，戈鋋若羅星。
君王棄北海，掃地借長鯨。

——〈經亂離後天恩流夜郎憶舊遊書懷贈江夏韋太守良宰〉

「長鯨」就是指安祿山。他已任三鎮節度使，擁兵數十萬，而唐朝國中只剩空虛的戰力和疲弊的人民，局勢已危如累卵。

然而，李白他們微弱而不合時宜的聲音，就和宜芳公主的泣訴一樣，根本不會被聽見。

注釋

1 一作宜芬。

2「貪功好戰」不是我杜撰的。呂思勉《隋唐五代史》說：「高仙芝、哥舒翰等，亦不過貪功生事之徒。」

3 一說三萬。

4 後來明朝將領鄧子龍駐守雲南，便寫詩諷嘆：「唐將南征以捷聞，誰憐枯骨臥黃昏。惟有蒼山公道雪，年年披白弔忠魂。」

5 馮至《杜甫傳》：「邊將們好大喜功，挑動戰爭，在開元末年和天寶初年還能在邊疆的戰場上取得一些勝利；可是後來就不同了，在七五一年的一年內，鮮于仲通爭南詔，高仙芝擊大食，安祿山討契丹，結果無一不敗……同時生產力也就衰落下去了。」

6 李白、杜甫都曾有過個別讚頌哥舒翰的詩作，但區別是都是泛泛的恭維，沒有寫具體戰事。哥舒翰乃是當時名將，早先哪怕民歌裡都有對他的讚頌，如〈哥舒歌〉：「北斗七星高，哥舒夜帶刀。至今窺牧馬，不敢過臨洮。」李白、杜甫不贊成天寶後期頻頻的開邊戰爭，這個態度是非常鮮明的。

7 元蕭士贇說：「開元、天寶中，上好邊功，征伐無時。此詩蓋以諷也。」

七五五年，杜甫的《命運》在叩門

為了減輕讀者的負擔，我們很少說長詩，但本書進行到此處，卻無可避免地要遇到一首長詩了。

天寶十四載（七五五），這一年誕生了一首詩，叫〈自京赴奉先縣詠懷五百字〉（下簡稱〈五百字〉）。但凡要瞭解杜甫，要講盛唐的終結，就不能不提這首詩。

毫不誇張地說，杜甫之所以為杜甫，成為「詩聖」，就是從這首詩開始的[1]。

如果要打個比方，這首長詩之於杜甫，就好比聾聲世界的「第五號交響曲」之於貝多芬。貝氏這支曲子被稱為《命運》，而〈五百字〉這首詩的主題，恰恰就是「命運」二字。

請各位不必畏懼，放下負擔，我們一起來進入杜甫這首千古一詩——「命運」。

七五五年冬，十一月的一個半夜，杜甫要從長安出發去探親。他剛找到了一份工作，上任前要回家一趟。

如果你對歷史比較敏感，一看到七五五年冬這個時間，大概立刻就會心裡咯噔一下：要出大事。

沒錯，「安史之亂」就是這時爆發的。此時，大唐王朝正處於大爆炸的前夜，一個大亂世即將來臨。

杜甫當時在長安謀職。如果從他和李白於兗州分手赴京開始算，他已經整整「京漂」十年了。這十年裡，他到處干謁，求爺告奶，終於朝廷不知怎麼想起他了，給了一個工作叫「右衛率府冑曹參軍」，職級是正八品下，負責管理兵甲器仗。杜甫因此也常被後世調侃為倉庫管理員[2]。

工作定了，杜甫立刻安排探親看望老婆孩子。他的家人在陝西的奉先縣，杜甫把這次探親寫成了一首詩，即〈五百字〉，你完全可以把它理解為一篇〈回家的話〉。

且一點點來講。它的開頭是這樣的：

杜陵有布衣，老大意轉拙。
許身一何愚，竊比稷與契。

開頭就是自嘲：我這個草根啊——「杜陵布衣」，頭腦不靈光；「意轉拙」——越活越木了。我活成這個鬼樣子，卻還厚著老臉，總是難以拋捨那一份雄心壯志，把自己比作歷史上的大人物「稷與契」。這兩人都是上古的名臣。

有一個流行語叫「賣白菜的命，操天下的心」，杜甫正是以此自嘲。

接下來幾句都是這個意思：

居然成濩落，白首甘契闊。

蓋棺事則已，此志常覬豁。

「濩落」指沒出息，「契闊」指很辛苦。活成這鳥樣，辛苦又沒出息，本來死了也算了，棺材一蓋，一了百了。可是誰讓我沒死呢，誰讓我還苟活著呢。活著，我就不甘心，總想追夢。有點像流行歌曲唱的：像我這樣優秀的人，本該燦爛過一生。怎麼四十多年到頭來，還在人海裡浮沉。

之前這些話，杜甫都是在鋪墊，是為了下面抒懷做準備。李白寫詩便不一樣，抒情之前不鋪墊，直接胸口一噴就來。杜甫卻要先自嘲幾句、鋪墊幾句，真性情才開始慢慢流露出來：

窮年憂黎元，嘆息腸內熱。
取笑同學翁，浩歌彌激烈。

何為「窮年憂黎元」？「黎元」就是百姓，杜甫說自己活成這個鬼樣子，卻還關心別人，憂慮到自己腸子滾燙、五內如焚。所以同伴們就笑杜甫，調侃他的迂。杜甫說，大家笑歸笑，我初心不改，更加志氣昂揚。

這很好理解，一個人到了四十多歲，要改早改了。杜甫是改不了的，他就是這樣的人。性情了幾句後，他又開始往回收了，又講了幾句套話、面子話：

非無江海志，瀟灑送日月。

生逢堯舜君，不忍便永訣。
當今廊廟具，構廈豈云缺？
葵藿傾太陽，物性固莫奪。

就是說我不是非死皮賴臉要當官，也並非沒有歸隱江湖之志，可是架不住這時代太好了，皇上太英明了，是「堯舜君」，所以我不捨得走。

「當今廊廟具」——有本事的人這麼多，哪裡差我一個？只是我秉性如此，好比向陽的葵藿般改不了了，所以堅決不走。

看到這兒，你會覺得杜甫挺矯情：這到底是走還是不走啊？甚至你會懷疑這人怕不是個馬屁精，諸如什麼趕上了好時代、生逢堯舜君云云，套話連篇，哪裡有「詩聖」的風骨？

別急，你得往下看。

後面又是十二句，大致仍然是表達上面的意思：

顧惟螻蟻輩，但自求其穴。
胡為慕大鯨，輒擬偃溟渤。
以茲誤生理，獨恥事干謁。
兀兀遂至今，忍為塵埃沒。
終愧巢與由，未能易其節。
沉飲聊自遣，放歌破愁絕。

杜甫說自己就是個小螞蟻，過點小日子就行，幹嗎要貪大求洋呢？他還說自己本來恥於走門路、託關係——「獨恥事干謁」，然而不喜歡歸不喜歡，類似的事咱一樣沒少幹，真慚愧啊，比不上巢父、許由那些淡泊名利的古代先賢了！我太難了！

人和人是不一樣的。有些人天生喜歡搞關係，熱愛鑽營，樂在其中。但像杜甫這種面皮薄、自尊心強，天性不愛鑽營卻又勉強為之的人，就會活得很痛苦。

囉囉嗦嗦到此，杜甫說「沉飲聊自遣，放歌破愁絕」——愁啊，愁！且喝上兩杯，作幾首詩，放歌一唱吧！

詩寫到這裡，第一部分就算是寫完了，共一百六十字，全詩已過了三分之一。也並不太難對不對？

在講了一通心事之後，杜甫筆鋒一轉，寒風陡起。他開始講自己探親的事情了，全詩進入第二個樂章：

歲暮百草零，疾風高岡裂。
天衢陰崢嶸，客子中夜發。
霜嚴衣帶斷，指直不得結。

一年將盡，百草凋零，寒風呼嘯，杜甫大半夜出發上路了——「客子中夜發」。這路可不好走，嚴霜凜冽，衣帶都凍得斷了，卻因為手指凍僵而沒法繫上。

記住，這是「安史之亂」爆發的時刻，杜甫寫的這風刀霜劍，隱隱意有所指。

接著他一筆蕩開，寫自己凌晨路過了驪山。這裡有華清池，乃是玄宗享樂的地方，年年冬天都要帶著楊貴妃泡澡。

杜甫說，天寒地凍的時刻，驪山的大人物們在奢靡腐化，大搞海天盛筵：

凌晨過驪山，御榻在嵽嵲。
蚩尤塞寒空，蹴蹋崖谷滑。
瑤池氣鬱律，羽林相摩戛。
君臣留歡娛，樂動殷膠葛。
賜浴皆長纓，與宴非短褐。

何謂「御榻在嵽嵲」？「嵽嵲」就是山很高很陡，皇上就把盛筵搞在這兒。杜甫真是生猛，直接一筆搞到「御榻」頭上。他說，老爺們天天享樂，君臣都在歡娛，在瑤池中泡澡、蒸桑拿。不但皇帝泡，王公權貴也泡，一起打水仗。泡完澡就「與宴」，蒸羊羔蒸熊掌，大吃特吃。

這些詩句是極其寶貴的。「安史之亂」前唐朝君臣是個啥樣子？杜甫作為一個當時路過驪山的行者，一個歷史的見證人，清楚地告訴了我們：就是這個熊樣。

之前有人還誤會杜甫拍馬屁、講漂亮話，說什麼「生逢堯舜君」，可你現在發現他是馬屁精嗎？完全不是！那些馬屁話只是個幌子，杜甫其實是在見證、在批判。

接著杜甫又說了：

彤庭所分帛，本自寒女出。
鞭撻其夫家，聚斂貢城闕。

朝廷用的那些華貴的絹帛，本來都是出自貧苦女孩子的勞動。你們鞭打人家、欺壓人家，一車車一捆捆聚斂上來，都被利益集團們拿去分了。詩句寫到這個份上，著實是了不起的議論，了不起的勇敢。後來郭沫若挖空心思批判杜甫，卻也不得不承認這些是很光輝的句子。

聖人筐篚恩，實欲邦國活。
臣如忽至理，君豈棄此物？
多士盈朝廷，仁者宜戰慄。

皇上縱容權貴巧取豪奪，形成了既得利益集團，本來意在團結人心，是為了「邦國活」，可是這些權貴們哪一個用心為國呢？所謂「多士盈朝廷，仁者宜戰慄」，既然朝廷養著那麼多所謂的英才，其中有點兒頭腦的、有點兒良心的「仁者」真的應該戰慄，好好想一想吧！

瞧，杜甫之前說皇上是「堯舜君」，可現在卻犀利地抨擊「堯舜君」；他之前說大臣們是「廊廟具」，可現在卻猛烈地批評這些所謂的「棟樑材」。作為一個微賤的路人，凍得要死不活，先管管自己的衣服不好嗎？帶子都凍斷了，褲子都掉了，手指頭凍得連個結都打不出來，華清宮的大門你都進不去，卻在這裡憂愁風雨、大聲呼喊。

接著，杜甫筆鋒再一轉，不光是說驪山了，而是說到了現實中的利益集團：

況聞內金盤，盡在衛霍室。
中堂舞神仙，煙霧散玉質。
煖客貂鼠裘，悲管逐清瑟。
勸客駝蹄羹，霜橙壓香橘。

大意是：我聽說大內賞賜的「金盤」——這裡指代特殊的利益，都集中到了衛家和霍家。衛家和霍家啥意思？就是外戚，即皇帝的老婆家。「衛」是指衛青，「霍」是指霍去病，都是漢武帝的皇后衛子夫的親戚。

杜甫這是在拿漢朝的事指代唐朝，刺楊貴妃得寵後楊家雞犬升天，表面上說的是衛青，其實說的是楊貴妃的哥哥楊國忠。這傢伙因為楊貴妃而當了宰相，一個人兼四十多個職務，敗壞朝綱，朝政日亂。

杜甫還說到他們生活奢華腐敗，家裡演奏著高級音樂，客人來了上貂皮保暖，吃著極盡華貴的美食。所謂「駝蹄羹」就是用高湯煨駱駝蹄子。名貴的水果堆成小山，帶霜的柳丁壓著橘子，窮鬼們別說吃，見都沒見過。

寫到這裡，杜甫的一腔憂慮噴薄而出，凝結成傳唱千古的名句：

朱門酒肉臭，路有凍死骨。
榮枯咫尺異，惆悵難再述。

大唐盛世掩蓋下的「凍死骨」，讓杜甫太壓抑、太惆悵了，他說不下去了，所謂「惆悵難再述」。這是一種仁者才有的惆悵，一個愛國者才有的惆悵。假的愛國者是不會有這種惆悵的，拍馬屁就好了。

到此，詩的第二部分結束。從「歲暮百草零」到「惆悵難再述」，一共一百九十個字，杜甫運筆如神，從一個行路人的視角，活畫出了「盛唐」的真實情景。

如果說第一部分是杜甫的個人牢騷、個人抒懷，那第二部分就忽然深沉、犀利、厚重，全詩至此境界始大、感慨始深，變成了憂國和憂民。

這個王朝危機四伏，到處漏風。杜甫不是神仙，他並不知道「安史之亂」馬上就要爆發，甚至已經爆發。但他以敏銳的嗅覺察知了危機，他有種強烈的不安，所以才「嘆息腸內熱」，仰天長嘆，五內如焚。

多麼諷刺啊，偌大一個王朝，居然是一個凍得發抖的趕路人最清醒。

接下來，筆墨又回到自己身上，杜甫繼續描寫自己的趕路，連續用了十句、五十個字：

北轅就涇渭，官渡又改轍。
群冰從西下，極目高崒兀。
疑是崆峒來，恐觸天柱折。
河梁幸未坼，枝撐聲窸窣。
行旅相攀援，川廣不可越。

路途上真的很辛苦，河水夾著冰流淌，小橋雖然僥倖沒毀壞，但也吱咯作響，極其難走，大家牽著挽著才能過去。對比之前權貴家的「駝蹄羹」、「貂鼠裘」、「酒肉臭」，是不是太刺眼、太鮮明了，完全是寒暖兩重人間？

既然路途這麼艱難，杜甫又何以非要回家呢？他回答說：

老妻寄異縣，十口隔風雪。
誰能久不顧，庶往共饑渴。

老伴遠在奉先縣，一家人骨肉分離。「十口隔風雪」，讀到這句，真是催人淚下。只因為早先長安遭了雨災，米價騰貴，生活成本極高，杜甫撐不下去了，只好將家人先安頓到外地。他時時刻刻想著家。一句「誰能久不顧」，真是一個中年人想家的心聲，哪怕「川廣不可越」，千難萬險，也要去「共饑渴」。

一路頂風冒雪、跋山涉水到了家，找到了那個貧寒的小屋，可是杜甫看見了什麼呢？簡直是人間悲劇：

入門聞號咷，幼子饑已卒。
吾寧舍一哀，里巷亦嗚咽。

一進門，杜甫就聽見家裡人的號哭聲，小兒子竟然餓死了。「里巷亦嗚咽」——鄰居都覺得太慘了，也在為這不幸的一家人嗚咽。

讀到這裡，能不一哭！一個「詩聖」，一位中華文化的巨人、民族的瑰寶，生活成這個樣子，連孩子都餓死了。這真是時代的慘劇。更讓人深思的是：盛世就不餓死人嗎？沒有的事。對古代的「盛世」，真不要想像得太天真了。

杜甫抹著老淚，無比慚愧。他說：

所愧為人父，無食致夭折。
豈知秋禾登，貧窶有倉卒。

那一年收成並不壞，可窮苦人家仍然搞不到糧食，仍然在遭遇不幸。杜甫說自己愧為人父。他這個人對家人一直都滿懷慚愧，對孩子，他說「所愧為人父」，對太太，他說「飄飄愧老妻」。他勤奮、努力，愛家人，有責任感，可是拚搏半生卻無法為他們帶來溫飽，還是逃不出一個「愧」字。

然則杜甫還有個特點：在自己最痛苦的時候，總會推己及人，想到別人的痛苦。他說自己：

生常免租稅，名不隸征伐。
撫跡猶酸辛，平人固騷屑。

就是說我杜甫好歹有身分，受到祖上的恩蔭，有一些特權，至少常不用交租稅，不用服兵役。「名不隸征伐」就是說不用服兵役。詩人說，自己不是最底層的階層，尚且遭遇人間慘劇，那些更底層、更窮苦的人又是何等處境？那些失去土地的無依之人，那些偏遠地區的窮苦士兵，他們的生活又怎麼過？

因此他用這樣二十個字結尾：

默思失業徒，因念遠戍卒。
憂端齊終南，澒洞不可掇。

他的憂愁，像終南山一樣高——「憂端齊終南」。他的憂愁瀰漫無際，不可收拾。「澒洞」就是瀰漫的樣子。

五百字的長詩，在杜甫的一片熱淚中就此結束。整首詩，杜甫好像只是在匆匆趕路，但你分明感覺到，他清瘦的身體裡有一顆赤誠的心臟在怦怦跳動。

他卑微、貧寒、糾結，但又情懷高尚、志向遠大，對別人滿懷同情。

他的筆下，活畫出了一個盛世邊緣的大唐，浮華奢靡又處處潰爛。「御榻」高高在上，「瑤池」煙霧朦朧，可是在貧寒的房屋一角還有餓死的孩子，冷暖交織，悲歡迥異。

他還像一個預言家。明明身分低微，根本不掌握任何內幕資訊，可是你不曉得他從哪裡來的敏感和洞察力，能在詩裡大喊危險，字字句句讓人坐立不安、毛髮倒豎。他著急萬分地提醒大臣們「仁者宜戰慄」，還說「恐觸天柱折」，似乎全部在預示著某種大黑暗、大崩潰即將發生。

杜甫的擔心全部成了現實。就在幾乎同一時間，天柱折了，安祿山范陽起兵，大亂爆發，大唐將被一片腥風血海籠罩。

前文已經說，倘若要打一個比方，〈自京赴奉先縣詠懷五百字〉這首詩就好比《命運交響曲》。「命運」是全詩緊緊扣住的主題。詩人的命運，孩子的命運，權貴的命運，朝廷的命運，國家的命運，人民的命運，失業徒的命運，遠戍卒的命運，所有人的命運交匯在一起，有榮有枯，有笑有淚，匯成纖毫畢現但又波瀾壯闊的洪流。

從這五百字，你還能看出杜甫是一個真正的愛國者。假的愛國者只會唱空頭讚歌，而杜甫是真的心繫家國，所以他要呼號、詰問，肝腸如火，涕淚橫流。

你很難去確切地概括杜甫，看來看去，還是郭沫若那副對聯：

世上瘡痍，詩中聖哲；
民間疾苦，筆底波瀾。

可嘆的是，西元七五五年，才剛寫下五百字的時候，人們不知道他的偉大。他只是一個抱著孩子哭泣的四十三歲的父親。

注釋

1 楊恩成《唐詩說稿》說：「以這首詩（〈自京赴奉先縣詠懷五百字〉）的創作為契機，奠定杜甫在中國古典詩歌史上的崇高地位。在杜詩史上，這首詩是杜甫詩歌寫實精神的光輝起點。」

2 杜甫起先得到的職務是河西尉，職小而微，地方也較遠，他不願去，選擇了做右衛率府冑曹參軍。他寫詩調侃自己說：「不作河西尉，淒涼為折腰。老夫怕趨走，率府且逍遙。」

詩聖就位！杜甫的九大交響曲

杜君詩之豪，來者孰比倫。

——歐陽修

一

前文說到，杜甫的〈自京赴奉先縣詠懷五百字〉一詩，就是唐詩中的貝多芬第五號交響曲——《命運》。

貝多芬號稱「樂聖」，一生寫有九大交響曲。假如用這個來類比，「詩聖」杜甫也有他的幾大交響曲。

這是杜甫人生中幾部重要的大詩。它們的主題各不相同，但無一不構築精奇、磅礡雄偉。它們不只是「詩聖」的代表作，也是整個唐詩的筋骨。如果拿掉它們，唐詩都會大為減色，甚至將不成其為唐詩。

且讓我們凝神屏息，欣賞這場音樂的傑作。不妨從較為舒緩的作品開始，先品讀第一首「田園」。

貝多芬第六號交響曲號稱《田園》，杜甫也有他的「田園交響曲」，那就是〈佳人〉：

絕代有佳人，幽居在空谷。
自云良家子，零落依草木。
關中昔喪敗，兄弟遭殺戮。
官高何足論，不得收骨肉。
世情惡衰歇，萬事隨轉燭。
夫婿輕薄兒，新人美如玉。
合昏尚知時，鴛鴦不獨宿。
但見新人笑，那聞舊人哭。
在山泉水清，出山泉水濁。
侍婢賣珠回，牽蘿補茅屋。
摘花不插髮，采柏動盈掬。
天寒翠袖薄，日暮倚修竹。

這是杜甫寫給一位他敬慕的女性的。開篇就是「絕代有佳人，幽居在空谷」。這是極有力量的詩歌開頭，只用十個字，就交代了最重要的資訊，瞬間把你拉進故事情境中。

隨著神祕的帷幕一寸寸拉開，杜甫像一名溫柔的指揮家，調度著他的琴手，用不動聲色的曲調把她的生平娓娓道來。

她「自云良家子，零落依草木。關中昔喪敗，兄弟遭殺戮」，原來也是「安史之亂」的受害者。連天的戰火席捲關中，她的家庭殘破了，兄弟被殺戮。「官高何足論，不得收骨肉」，亂離人不如太平犬，就算家裡人當高官又怎麼樣呢？

就連婚姻也不能成為倚靠，因為丈夫很快有了新歡。這一切被杜甫錘煉為十個字：「但見新人笑，那聞舊人哭。」

一個本來生活富足的女性，在遭逢了家國的不幸之後，又遇到愛情的背叛。在那個時代，她無法「戰小三」，無法「致賤人」，但卻不願屈就、不肯低頭，於是做出了自己的選擇：去到那山林中，修一座茅屋，一個人生活。

杜甫想必到訪了她的林間小屋。他看見侍女變賣珍珠回來了，她們一起用藤蘿修補房子。她「摘花不插髮，采柏動盈掬」，品味還是那麼高雅，像是一個山林裡的時尚達人，不用五顏六色的野花來插頭髮，而用翠柏裝飾自己。

天色晚了。告別的時候，杜甫忍不住又一次回頭望去，在暖黃色的暮光中，她倚靠著斑竹，微笑著向客人揮別，任憑風吹動薄薄的衣袖。杜甫記下了這一動人畫面作為全詩的結尾：「天寒翠袖薄，日暮倚修竹。」

〈佳人〉這首詩，是動盪大時代背景下的田園之曲，是一個美好生命的自強之歌。

它的動人，不是在於充滿同情和哀憐，而在於平和而剛健。如果杜甫只是憐惜佳人的遭遇，那最多是慈悲，這首詩就減色了。但杜甫還能做她的知音，能理解她獨立的選擇，讚賞她不放棄追求美麗、做自己生活主人的態度。這一個女性形象，其美好和高貴，即便是拿到一千多年後的今天，以我們現代人的眼光來看，也是一點都不過時的。

二

說罷第六號交響曲，再來看第三號

貝多芬第三號交響曲名為《英雄》，而杜甫的「英雄交響曲」，正是寫於唐肅宗乾元二年（七五九）[1]的〈洗兵馬〉。

這年，「安史之亂」已經進入第四個年頭，平叛形勢大為好轉，勝利有望。在唐軍反擊下，長安、洛陽兩京相繼收回，包括河北大部在內的許多領土被光復。安祿山已死，其子安慶緒的叛軍困守鄴城，被郭子儀、李光弼等九節度使率數十萬大軍包圍。回紇在得到了唐朝的巨大好處[2]後也出兵助唐，數次參戰。

大好局勢面前，杜甫心懷激盪，揮就了這一宏偉篇章。

這部巨制非常嚴整，共分為四個樂章，每個樂章換一韻。第一樂章可以取名為「曙光」：

中興諸將收山東，捷書夜報清晝同。
河廣傳聞一葦過，胡危命在破竹中。
祗殘鄴城不日得，獨任朔方無限功。
京師皆騎汗血馬，回紇餵肉葡萄宮。
已喜皇威清海岱，常思仙仗過崆峒。

三年笛裡關山月，萬國兵前草木風。

隨著指揮家杜甫虛握的空拳張開，悠揚的弦樂響起，像是暗沉雲層被刺透，勝利的晨光照耀了下來。

鼓聲也起來了。「捷書夜報清晝同」，好消息星夜飛馳，絡繹傳往後方。官軍渡過黃河，勢如破竹，鄴城的收復已經指日可待。

回想當年肅宗奔逃在甘肅時的日子，又想到大亂三年多來，兵戈不息，生靈塗炭，眼下勝利可期，詩人既喜不自勝，又覺得恍然如夢。

在雀躍、振作的調子裡也有別的聲音。「京師皆騎汗血馬，回紇餵肉葡萄宮」，就是對時事的辛辣點刺。唐朝急於收復兩京，向回紇借兵，約定「克城之日，土地、士庶歸唐，金帛、子女皆歸回紇」，把大唐子女當成了勞軍的犬羊。洛陽收復後，回紇士兵姦淫燒殺，橫行京城。杜甫雖然沒有直說，但也已一筆點到。

接下來第二個樂章，可以名為「功臣」：

成王功大心轉小，郭相謀深古來少。
司徒清鑑懸明鏡，尚書氣與秋天杳。
二三豪俊為時出，整頓乾坤濟時了。
東走無復憶鱸魚，南飛覺有安巢鳥。
青春復隨冠冕入，紫禁正耐煙花繞。

鶴駕通宵鳳輦備，雞鳴問寢龍樓曉。

輝煌的銅管起來了，它明亮燦爛，排山倒海。既然曲名「英雄」，當然要謳歌英雄人物。這一樂章裡，杜甫用四句詩列舉了四大平叛功臣：太子、兵馬大元帥李俶，中書令郭子儀，司徒李光弼，尚書王思禮。他們都是扭轉乾坤的元戎大將。

隨著長安的收復，天子終於結束了「異地辦學」，早朝堂堂正正在大明宮開張了，冠蓋如雲、香煙繚繞的祥和景象又出現了。杜甫還提到玄宗、肅宗父子，就是「鶴駕通宵鳳輦備，雞鳴問寢龍樓曉」二句，肅宗這時還表現得謙恭孝順，早早地去向太上皇玄宗問安，一派溫暖祥和，讓詩人感到鼓舞欣慰[3]。

杜甫的指揮在繼續，第三樂章名為「榮耀」：

攀龍附鳳勢莫當，天下盡化為侯王。
汝等豈知蒙帝力，時來不得誇身強。
關中既留蕭丞相，幕下復用張子房。
張公一生江海客，身長九尺鬚眉蒼。
徵起適遇風雲會，扶顛始知籌策良。
青袍白馬更何有，後漢今周喜再昌。

到了這一樂章，華麗的感覺在延續，但是調子複雜了起來。勝利臨近了，分果子的人多了，

「天下盡化為侯王」，論功行賞開始氾濫。

當然杜甫的指揮藝術非常精巧，諷刺之後，曲調又回到了光明的路線上，稱讚「蕭丞相」房琯和「張子房」張鎬，兩個人都當過宰相。謳歌英雄仍然是樂曲的主基調。

收尾第四樂章名為「夢想」，杜甫強烈的情感和對未來的期待，在這一章傾瀉而出：

寸地尺天皆入貢，奇祥異瑞爭來送。
不知何國致白環，復道諸山得銀甕。
隱士休歌紫芝曲，詞人解撰河清頌。
田家望望惜雨乾，布穀處處催春種。
淇上健兒歸莫懶，城南思婦愁多夢。
安得壯士挽天河，淨洗甲兵長不用。

借用戴望舒的詩意，這一章裡，杜甫彷彿用殘損的手掌，摸索著這災難之後的廣大河山。滿目瘡痍的田園需要修復，苟延殘喘過來的人民在等待春雨。布穀已經催春了，但戰鬥仍沒有停止，健兒還在戍守，家鄉的思婦仍然魂牽夢繞著前線。和平、團圓何時能真正到來啊！

最後時刻，詩人指揮家握緊了拳，讓麾下的琴、號與鼓一起轟鳴，把醞釀已久的主題「洗兵馬」奏響——「安得壯士挽天河，淨洗甲兵長不用。」正如史學家洪業所概括的，武器被棄置一邊，夢想和平永在。

這首「英雄交響曲」，規整莊嚴、華麗豐富，王安石就將它推為杜詩壓卷。

它的主基調是光明、昂揚的，對未來的美好祝福是全心全意的，但是曲調又非常複雜，可以說暗含著不安，充滿了危機感。

眼下大勝的背後，是「回紇餵肉葡萄宮」的無言傷痛，是「天下盡化為侯王」的無奈現實，是「奇祥異瑞爭來送」的阿諛浪潮。杜甫擔心，還沒完全勝利呢，就開始坐享了；還沒完全回春呢，就開始敗壞了；還沒療癒苛症呢，就開始棄療了。

一個人乃至一個國家，面對挫敗是學問，面對勝利同樣是學問，一樣需要智慧、考驗良知。〈洗兵馬〉就是杜甫性情和良知的聯合傑作。

三

杜甫還有他的另幾大交響曲。

貝多芬的第四號交響曲，輕鬆活潑，常常被人稱為《愛情》，對應杜詩就是〈飲中八仙歌〉。那是他在長安用浪漫詼諧的筆觸寫就的，全詩的核心正是「愛人」李白。

第七號交響曲，被稱為《舞蹈》，即是杜甫的〈觀公孫大娘弟子舞劍器行〉。「昔有佳人公孫氏，一舞劍器動四方。觀者如山色沮喪，天地為之久低昂。」這是對數十年前一場雄健舞蹈的致敬和懷念，對時光流逝的無情的感嘆。

而在諸作之外，貝多芬還有一首最傳奇的作品，便是第九號交響曲。

創作這人生最後一部交響曲時，貝多芬早已經全聾。一生的風雨磨難，反而讓他鑄就了倔強傲骨，譜寫出了這一呼喚人類大同的壯麗頌歌。這首交響曲名為《合唱》，人們對它最深刻的印象就是末尾的合唱《快樂頌》，主題是呼喚光芒普照大地、世人永享和平。

而對應杜甫的第九號交響曲，就是〈茅屋為秋風所破歌〉。

如果說之前「第三號」〈洗兵馬〉的主題是在冬末喊破殘冰，那麼「第九號」的主題就是在地獄裡仰望天堂：

八月秋高風怒號，卷我屋上三重茅。
茅飛度江灑江郊，高者掛罥長林梢，下者飄轉沉塘坳。
南村群童欺我老無力，忍能對面為盜賊，公然抱茅入竹去。
唇焦口燥呼不得，歸來倚杖自嘆息。
俄頃風定雲墨色，秋天漠漠向昏黑。
布衾多年冷似鐵，驕兒惡臥踏裡裂。
床頭屋漏無乾處，雨腳如麻未斷絕。
自經喪亂少睡眠，長夜沾濕何由徹。
安得廣廈千萬間，大庇天下寒士俱歡顏，風雨不動安如山。
嗚呼！何時眼前突兀見此屋，
吾廬獨破受凍死亦足。

這是一次徹夜未眠後寫的詩。當時「安史之亂」還沒平息，杜甫流寓他鄉。寒秋八月，狂風暴雨襲擊了他的草堂，屋頂的茅草被颳走了，房子到處漏雨，家裡沒有一塊乾土，整夜無法睡覺。

自從喪亂以來，他和孩子們已經很久沒有好好睡眠了。還記得當年逃難的時候，全家深夜在彭衙道奔行，冒著雷雨，踩著泥濘。小兒子餓得要路邊的苦李吃，小女兒則餓得猛咬父親，自己只能掩住她的口，怕驚動虎狼。誰想到幾年顛沛流離之後，孩子們仍然要蜷縮在雨夜，裹著冰冷黏濕的被子睡覺，腳一蹬，被子就破一塊。

如果詩說到這裡便結束，那就是受難曲，而不是第九號交響曲了。杜甫這個人就是這樣，再狼狽、再窮蹙，他的光芒卻是澆不滅的。他的心胸裡彷彿有一棵大地之樹，苦難越是澆灌，就越高大蓬勃。

這樣一個不眠之夜裡，他的肉體被困住了，於是只有放飛精神，讓靈魂去翱翔。他自然而然地想起千千萬萬受苦的人，在長安見到的，在華州見到的，在彭衙見到的，在新安道見到的，在秦州、同谷見到的，〈兵車行〉裡的人，〈石壕吏〉裡的人，〈佳人〉裡的人，一幕幕、一個個都再現在眼前，他們的苦楚都如此真實而具體。

杜甫忍不住要去幻想一個光明的世界，沒有苦痛，沒有壓抑，沒有黏濕的長夜和受難的孩子，只有飽暖、平等和歡樂。這個念頭一旦冒出來就再也壓抑不住了，那一刻，雪白的光自天而降，照亮了詩筆，浩蕩的旋律已湧到指尖，杜甫要在這寫滿苦澀的詩的末尾呼喚光明、祈禱歡樂、仰望天堂：

安得廣廈千萬間，
大庇天下寒士俱歡顏，
風雨不動安如山。

嗚呼！何時眼前突兀見此屋，
吾廬獨破受凍死亦足。

他幻想無數廣廈拔地而起，天下人都得到庇護，再無人重複自己的遭遇，被風雨摧殘。如果能實現這個心願，自己寧願獨自受凍而死。這就是杜甫的《快樂頌》。

「吾廬獨破受凍死亦足」，這是偉大的獨白，也是偉大的致敬。它讓人想起屈原的「亦余心之所善兮，雖九死其猶未悔」；也想起後世宋代張載的話：「凡天下疲癃、殘疾、惸獨、鰥寡，皆吾兄弟之顛連而無告者也。」在人類的藝術裡，至極的作品往往會有種巧合般的相似，杜甫這一詩歌的結尾，也恰恰與貝多芬把《快樂頌》合唱放在第九號交響曲結尾一樣：

歡樂女神，聖潔美麗
燦爛光芒照大地
我們心中充滿熱情
來到你的聖殿裡
你的力量能使人們
消除一切分歧
在你光輝照耀下面
人們團結成兄弟

好的詩像一盞明燈，會溫暖許多人。莫礪鋒教授就曾說過和這首詩的故事：

> 一九七三年深秋，我正在地裡用鐮刀割稻，一陣狂風從天而降，颳破了那座為我遮蔽了五年風雨的茅屋。……當天夜裡，我縮在被窩裡仰望著滿天星斗，寒氣逼人，難以入睡。我們村子還沒通電，定量供應的煤油早已被我點燈用完，四周漆黑一片。忽然，一個溫和、蒼老的聲音從黑暗中傳來：「安得廣廈千萬間，大庇天下寒士俱歡顏，風雨不動安如山！」我頓時熱淚盈眶。[4]

以上就是杜甫一生的幾大交響曲。後世的貝多芬比他幸運，第九號交響曲首次公演時，雷鳴般的掌聲達到五次，作曲家充分享受到了世人的熱愛。而杜甫在世的時候知音很少，他的「音樂會」一直聽眾寥寥，更多的時候是自吟自唱。

直到中唐以後，人們才漸漸發現杜甫的偉大，紛紛感嘆：我們都欠老杜一張音樂會門票。

比如王安石，就是老杜的忠誠樂迷。他寫有一首〈杜甫畫像〉，對偶像做了衷情表白。詩是這樣開頭的：

> 吾觀少陵詩，為與元氣侔。
> 力能排天斡九地，
> 壯顏毅色不可求。

結尾，王安石專門講到了他至愛的〈茅屋為秋風所破歌〉：

寧令吾廬獨破受凍死，
不忍四海赤子寒颼颼。
傷屯悼屈止一身，
嗟時之人死所羞。
所以見公像，再拜涕泗流。
推公之心古亦少，
願起公死從之遊。

在杜甫的畫像面前，王安石一拜再拜、涕淚橫流，祈願杜甫復生，自己去追隨。王安石的心似乎飛回了唐朝，來到安史亂中那個寂寞的音樂廳。時空在這裡交錯了。在杜甫的眼中，破敗的大廳寂寂無人，自己孤獨地演完，向空曠的觀眾席鞠躬謝幕。然而在同一個音樂廳，在重疊的平行時空裡，人們歡呼如潮，王安石等一眾後輩飽含著熱淚起立，滿懷崇敬，向「詩聖」致以經久不歇的最熱烈掌聲。

哪怕他們明明知道，台上的杜甫是聽不見的。

注釋

1 這首詩注家多繫於乾元二年，也就是七五九年。宋人黃鶴認為，詩作於乾元二年仲春，這時候鄴城還未大敗，杜甫還希望滿滿。另一些觀點則認為應繫於乾元元年（七五八）。宋人趙次公和後來的錢謙益即繫於乾元元年。洪業《杜甫：中國最偉大的詩人》稱，詩中出現了成王，他在七五八年六月已經被立為太子，所以詩歌只能作於這個時間之前。但他可能忽視了浦起龍之說：「王已立為太子，句意在於紀功，故稱其勳爵。」這一說有理。本書也將這首詩暫繫於乾元二年。

2 肅宗以親生女兒寧國公主許配給回紇可汗。之前和親的大多是宗室女，肅宗在兵危時刻，不得已以親女和親。收復洛陽後，唐朝默許回紇士兵姦淫搶掠，驚惶的士女們躲到聖善寺、白馬寺，回紇兵縱火焚燒，傷死者萬計。

3 這裡的解釋，諸家不一，比較紛亂。錢謙益認為是諷刺肅宗，甚至是想讓肅宗退位。這太過牽強。肅宗對玄宗的禮節，當時表現得不錯，雙方的對手戲配合得很好，表面上是共用天倫、一派祥和的。杜甫總體上是讚頌和欣慰的，最多說得上一個以頌寓規。

4 見莫礪鋒〈我與杜甫的六次結緣〉，《光明日報》。

杜甫的太太：我好像嫁了一個假詩人

約莫三十歲那年，杜甫脫單了。[1]

他的岳父名叫楊怡，是一名朝廷幹部，職務為司農少卿。

這是個什麼級別的幹部呢？有人說是縣財政局的副局長，是科級。那是不對的。這個職務是屬於「九寺」裡的司農寺，級別是從四品上，可以稱之為副部長，或者部務委員。

婚前，楊少卿看著杜甫，問他：

「你們京兆杜氏，可是了不起的人家呀。家裡現在還有些什麼人啊？」

杜甫挺了挺胸膛，說：

「祖父必簡公，過世已久了……」

楊少卿點點頭：「知道，知道，前朝的杜司長，『文章四友』之一，大詩人哪。」

杜甫接著說：「家父在山東工作，任兗州司馬。」

楊少卿又點點頭：「有印象，有印象，杜巡視員嘛，為人不錯的。」

他忽然問：「子美啊，你自己現在在做什麼工作啊？」

杜甫不禁有點慚愧，臉上一紅：「主要是寫寫詩。」

但他隨即又鼓起勇氣：「我會努力再準備考試的。而且，我會對小姐好的！」

楊少卿望著他的眼睛，認真又溫和地說：

「這兩件事，以後都要記得啊。祝你們幸福吧。」

就這樣，杜甫把楊小姐娶回家了。

他比她大十一歲，還有人研究說，他比她大二十一歲。

放在今天，像這種年齡差距，杜甫應該叫人小甜甜才對。可是杜甫不懂，嘴巴特別不甜。他稱呼楊小姐通通是一個特別沒有美感的詞——老妻。

「老妻書數紙」、「老妻憂坐痹」、「老妻寄異縣」……好像根本不知道到底誰更老一樣。

楊氏夫人有時都懷疑：這麼不會說話，我嫁的是不是一個假詩人？

就算他偶爾不叫老妻了，也要換一個同樣很難聽的詞——山妻。

比如：「理生那免俗，方法報山妻。」那口吻活像《西遊記》裡的牛魔王：「扇子在我山妻處收著哩。」

偶爾地，楊小姐也問他：「朋友都說你的才華高得不得了，就不能給我寫幾句情詩什麼的？」

杜甫撓著頭：「詩，我寫倒是會寫，可是『朱門酒肉臭，路有凍死骨』……這些放在你身上也不合適啊……」

不過，楊小姐也發現，假詩人也不一定就不好。他對別的女人也不會油嘴滑舌。

李白寫詩，動不動寫女人和吃喝嫖賭——「千金駿馬換小妾」、「載妓隨波任去留」。後來連王安石都說李白十句裡有九句不是女人就是酒。

只有杜甫例外。翻遍他的一千四百多首詩，裡面沒有風流的東西，沒有吃喝嫖賭，一句風月調侃的話都沒有。除了一次丈八溝陪「諸公子」攜妓納涼之外，幾乎唯一的一句，就是：「越女天下白。」

楊氏夫人說瞧，就說笨有笨的好處吧。

按計畫，他努力準備著考試，爭取進步。

其實結婚前他就曾考過一次，結果碰上了一個考官叫李昂。這個人出了名的心眼小、脾氣壞，「性剛急，不容物。」杜甫同學落榜了。他沒有氣餒，認真複習，等待著機會。

天寶六年（七四七），朝廷發出通知，宣布要搞一次特別考試，號召大家都來參加，量才授職，絕不食言，騙人是小狗。

杜甫精神一振：機會終於來了！老婆孩子，你們就等著聽我的雷聲吧。

告別了夫人，他踏上了征途。這一年他三十六七歲，寫作的造詣已經爐火純青，放眼天下，幾無對手。

考試的場面十分隆重，氣氛十分莊嚴，程式十分完善，尚書省長官親自主考，御史中丞監督，煞有介事。杜甫同學認真答完了詩歌、辭賦、策論等所有題目，覺得發揮得不錯，交了卷，靜靜等待著成績。

和他一起等成績的，還包括唐朝的另一位大詩人元結。

多個日夜的翹首以盼後，榜單終於公布了，杜甫等人一擁而上去看，發現結果是：一個都不錄取！

這不是陰謀，而是陽謀。所有的考生都被玩了。此次杜甫同學碰上的不是最差考官，而是最差宰相。

「陛下，大喜呀！」宰相李林甫拿著這份錄取結果，跑去找玄宗皇帝，「您看，一個人都沒錄取，這說明什麼？說明野無遺賢啊！您瞧咱們的組織人才工作搞得多出色！」

「是嗎？那好哇！」玄宗皇帝正在打馬球，心不在焉地答道，然後一縱馬，「嘚兒……駕！」再次投入比賽。

夜晚，小旅館裡，杜甫輾轉反側，不知道該怎麼和楊氏夫人說才好。先發個李安導演也窮過的故事給她？還是給她唱一首〈闖碼頭〉，告訴她我總有一天會出頭？

正踟躕著，結果楊小姐發來訊息了，很短，只有一句話：

都聽說了，別難過。早點回來。下一次加油。

然而，沒有下一次了。幾年後，「安史之亂」爆發。

當時的情景是，前天新聞裡還在說大唐繁榮穩定，昨天洛陽就丟了，今天潼關又丟了，明天眼看長安又要丟。從陝北到關中，到處都是逃難的人。

杜甫帶著一家人逃跑，逃到陝西鄜州一個小山村裡。鄜州，今天已經有了一個很喜慶的名字，叫富縣。但是杜甫當時住的那個村子一點都不富。

土房子，泥巴牆，滿屋子凌亂的行李，嗷嗷求食的孩子，看著這一切，杜甫很慚愧：夫人啊，結婚十幾年，還是讓你過這樣的日子。

安頓好了妻子，他出去尋找組織，想看看有什麼出路，結果迎面碰上叛軍，被拘在長安。

這簡直是一幕唐朝版的《英倫情人》。他和妻子、孩子隔著六百里路，從此不能見面。那可是個人命如草的大亂世，或許他明天就會死在亂軍的馬蹄下，那也不過是增加了一個失蹤人口而已，楊小姐怕是永遠也不知道他的下落了。

孤寂的晚上，他抬頭看著月亮，想起了她，不禁淚眼模糊：

今晚的月亮，她在鄜州只能獨自一個人看了吧？

這一句話，在他心裡瞬間變成了一句詩：「今夜鄜州月，閨中只獨看。」

回到窄仄的屋裡，他拿起了筆，在膝頭寫下了八句詩，題目就叫作〈月夜〉：

今夜鄜州月，閨中只獨看。
遙憐小兒女，未解憶長安。
香霧雲鬟濕，清輝玉臂寒。
何時倚虛幌，雙照淚痕乾。

如果翻譯成現代文，大意就是：

今晚上的月亮啊，她只能一個人看。那沒長大的娃娃啊，還不能把憂愁替她分擔。涼夜的霧啊，濕了她的秀髮。冷冷的月光，映得她玉臂也生寒。什麼時候我們能再相見，依偎在簾下，不再淚水潸潸。

曾經讀〈月夜〉，不相信這是杜甫的作品。一個滿臉胃疼相的枯槁老傢伙，怎麼會寫這樣纏綿的詩呢。可是這千真萬確又是他寫的，「香霧雲鬟濕，清輝玉臂寒」，每一個字都是他寫的。

他以為自己不會寫情詩，她也以為他不會寫情詩。但是亂世之中，他揮筆一寫，一不小心，就寫了整個唐朝最動人的一首情詩出來。

話說，在那個陝北的小村子裡，楊氏夫人等了很久很久。終於，一天傍晚，那個熟悉的瘦削身影出現在村口，是杜甫，風塵僕僕，卻滿臉喜悅。他活著回來了。

「我回來了，我找到組織了，有了職務了……」他上氣不接下氣。

楊氏夫人哭了起來。牆頭上圍滿了鄰居，也在為這對亂世夫妻感嘆。

晚上是屬於兩人的時光。他們互相看著，亂世裡的重逢，讓兩個人都覺得像是作夢。這些情景後來被杜甫寫成了四句詩：

鄰人滿牆頭，感嘆亦歔欷。
夜闌更秉燭，相對如夢寐。

後來，他們一直過著奔波的日子。

杜甫總是就業了又失業。就像那首流行歌曲唱的，當年他吹過的牛，已隨青春一笑了之，眼下只能默默為生存而奮鬥。

杜甫的詩，像是一本家庭日記，從頭到尾寫滿了和她的點滴。

分開兩地的時候，他會寫：全家不在一處，真的好牽掛——「老妻寄異縣，十口隔風雪。」

看見日子貧窮，他沉重地寫下：我回到家裡，看到她又用碎布做衣服穿——「經年至茅屋，妻子衣百結。」

有時候他還寫：她又為我的身體操心了——「老妻憂坐痹，幼女問頭風。」他還描寫了兩人住的房子，小產權的自建茅房，經常漏雨：「床頭屋漏無乾處，雨腳如麻未斷絕。」

有一說一，他們的生活也不全是苦難，也有不少快樂的日子。比如她化妝的時候。

杜甫雖然窮，但有一次還是想辦法給她搞來了化妝品，弄到了一些上好衣服，讓她重新打扮起來。於是「瘦妻面復光」，青春又稍稍回到了她臉上。

比如聽到好消息，官軍收復河南、河北了，和平有希望了，他「卻看妻子愁何在」，兩個人一起狂喜，打算立刻動身去剛被收復的故鄉，開始新生活。

比如晚年的時候，他帶著她划著小船，在江上徜徉，享受二人世界。有時她畫個棋盤，他就陪她下棋。

去世之前，他是在一條漂泊的小船裡，她應是守在身旁。對不起，他說，還是沒混出名堂。

杜甫一生，總覺得自己愧對她。

他為人處事，對朝廷、對朋友都是無愧的，但是總覺得自己愧對太太，動不動就念叨：「何日干戈盡，飄飄愧老妻。」

杜甫的一生，也始終依戀她，頻繁地把她寫進詩裡：「偶攜老妻去，慘澹凌風煙。」「老妻書數紙，應悉未歸情。」

唐朝所有大詩人的妻子裡，我們對楊小姐的生活瞭解得最多，對她的形象也最熟，原因很簡單，因為杜甫寫得多。對別的很多詩人，女人是生活用品，像是好酒、好馬、新手機，但對杜甫，「老妻」是知音，是生命的一部分。

你可以說杜甫對不住她。他沒能混出名堂來，年輕的時候吹牛不上稅，說自己要建功立業「凌絕頂」，要做大官「致君堯舜」，要財務自由「白鷗浩蕩」，結果一生窮困潦倒，女人孩子跟著吃苦。

但你也可以說，他沒有辜負她。他們在一起短則二十七年、長則三十多年，是唐代詩人裡最伉儷情深的一對。杜甫沒有蓄妓、沒有納妾，沒有過任何花邊新聞。之前說了，翻遍他一千四百多首詩，奇蹟般地一句勾三搭四的都沒有。

不能說全是因為窮。唐朝詩人，又窮又花的也多。盧照鄰也窮，也在四川留下一個郭小姐。只能說，杜甫，就是這麼個人。

在杜甫面前，會感到無助、絕望。他才華高、學問大，你認了；但是他人品也好，做人做到完美，這就讓人絕望了。同樣是人，怎麼差距這麼大呢？

所以，每當讀到他寫幸福的一些詩句，比如「老妻畫紙為棋局，稚子敲針作釣鉤」的時候，我翻書頁都會不自覺地輕一些，唯恐打擾了他們短暫的幸福。

注釋

1 馮至《杜甫傳》：「他（杜甫）可能是在這時（七四一年，杜甫三十歲）結婚的，夫人姓楊，是司農少卿楊怡的女兒。」陳貽焮《杜甫評傳》：「開元二十九年（七四一），杜甫三十歲……他與夫人楊氏結婚大概在這年……他們夫妻之間感情深厚，後來一起輾轉各地，同甘共苦，直至白頭；偶有分離，杜甫多賦詩以致繾綣之情。」

人生最後幾年，杜甫在想什麼

不眠憂戰伐，無力正乾坤。
——杜甫

唐代宗永泰元年（七六五）五月，杜甫的人生進入了倒數計時。成都浣花溪畔，他緩緩地掩上了草堂的門，顫巍巍踏上了一條小船。

這是他最後一次離開草堂。對著河水，他自嘲地告誡了自己一句話：可不能再哭哭啼啼、憂國憂民了。

這年他五十三歲，身體很差，頭髮已經全白。之前他就得了瘧疾，加上肺病也沒痊癒，整天咳。後來又患上了風痹，手腳總是麻木。

去哪裡？去投奔誰？也許是湖南，也許有望去洛陽，不確定。

半生知交都已零落，世上的朋友已經不多。親近的大臣房琯兩年前就死了。一直關照自己的朋友嚴武一個月前也死了。杜甫失去了最後的依靠，加上成都局面動盪，不得不離開。

杜甫告訴自己，以後寫詩替人操心的事差不多就行了，不要負能量了，別再胸懷天下了。用他的話說就是：

萬事已黃髮，殘生隨白鷗。
安危大臣在，不必淚長流。

意思就是你都活成這個鬼樣子了，萬事皆休，殘生快了，就不要再悲悲切切憂國憂民了。所謂「安危大臣在」，不是有那些大臣在嗎？國家好賴，讓他們操心去啊。

一路而行，來到夔州，他病情加重，加上天氣又冷起來，不得不暫停旅程，待了下來。

壞消息傳來了，蜀中爆發了戰亂，這邊士兵造反，那邊將領互斫，殺得人頭滾滾，商旅星散。

與此同時，吐谷渾、吐蕃、回紇、黨項羌又不斷入侵，人們拋兒捨女各處逃難。官軍也同樣殘暴，殺人搶人完全不輸給他們。

寒冷的夜裡，杜甫掙扎著坐起，拿起了筆。

家人說你不是不寫了嗎？何況你的腳已經廢了，又咳，好好養病吧老爺子。

「沒事，我不寫，我只是記錄記錄。」杜甫說。

我要記錄這蜀中爆發的戰亂：

前年渝州殺刺史，今年開州殺刺史。
群盜相隨劇虎狼，食人更肯留妻子。

我要記錄人民流離失所，半路上抛棄兒女的慘劇：

二十一家同入蜀，惟殘一人出駱谷。
自說二女齧臂時，回頭卻向秦雲哭。

我要記錄那些官軍殘害人民、搶掠婦女的行徑，他們和虎狼一樣厲害，和吐谷渾、黨項羌的兵士一樣凶殘：

殿前兵馬雖驍雄，縱暴略與羌渾同。
聞道殺人漢水上，婦女多在官軍中。

想不出題目，就叫〈三絕句〉吧。杜甫告訴自己，這不是憂國憂民，我只是記錄一下。

眼看回洛陽遙遙無期，杜甫在夔州待了下來，開始經營自己的生活。日子嘛，再難，也要好好過。

他租了一些田讓家人來種，後來又置辦了一間草屋，養了一些雞。

他還意外地遇到擁躉了——當地一位官員居然知道他，給了他一片柑林。人生最後一次，他有了衣食有靠的日子。

他做各種事來使自己分心，讓自己快樂。比如和本地人聊天、談心。

比如躺在榻上回憶過去，懷念和老朋友李白、高適漫遊的情景。

比如認真鑽研詩歌的格律，平上去入，真有趣。

那段時間，他寫東西的題目動不動是「遣悶」、「解悶」，似乎決心做一個安心種地養雞的老人。可是他卻仍然睡不著覺。臥在江邊，聽著水聲，他徹夜無眠。

夔州表面上是寧靜的，可天下仍然混亂不休。吐蕃又攻克了甘州、肅州，朝廷束手無計。各地軍閥日益跋扈，蜀地的大亂剛平定，同華節度使周智光又造反。這人殘暴至極，最擅長活埋別人全家，還殺人食肉。

民生也極為困苦，一些地方的百姓早吃草根、晚食木皮。

所以杜甫睡不著。他一首一首地寫詩，表達自己的憂慮。他說：

不眠憂戰伐，無力正乾坤。

一個半殘的人，上炕都費勁，踢正步都踢不動，居然還想去「正乾坤」。

那些日子，他的詩裡動不動提到「戰伐」兩個字。

「野哭千家聞戰伐」，那無數人的哭，好像都哭到他的心上；「人今罷病虎縱橫」，天下豺虎橫行，他止不住為蒼生揪心。

哭的人太多了，死的人太多了，他說：

戎馬不如歸馬逸，千家今有百家存。
哀哀寡婦誅求盡，慟哭秋原何處村？

他還時刻操心著故鄉洛陽。本來老老實實在夔州住著就是了，洛陽用你操心嗎？可他要操心。

他還操心皇帝和大臣。這簡直太可笑了，人家過的什麼日子，你過的什麼日子，人家用你操心嗎？

他卻念念不忘地說：

故鄉門巷荊棘底，中原君臣豺虎邊。

這是他在痛心洛陽城荒蕪了，痛心當時局勢危急。

他還操心人民的生活，包括夔州當地的人民。這裡看上去相對比較平靜，卻一樣有各種巧取豪奪、橫徵暴斂。其實夔州的人用得著你管嗎？你好好養你的雞就是了唄。

可他卻說：

安得務農息戰鬥，普天無吏橫索錢。

什麼時候才能夠沒有干戈，大家都開心種地？什麼時候能沒有橫徵暴斂，讓窮人安穩生存？帶著滿腔的憂慮，這一天他登上高處，想要散散心。

秋風蕭瑟，病骨支離，越是散心，他心情越感慨、悲愴。俯視無盡的江水，遠眺破碎的河山，千愁萬緒齊湧而出，匯成一個洞徹雲霄的聲音：

風急天高猿嘯哀，渚清沙白鳥飛回。
無邊落木蕭蕭下，不盡長江滾滾來。
萬里悲秋長作客，百年多病獨登台。
艱難苦恨繁霜鬢，潦倒新停濁酒杯。

這首詩就叫〈登高〉。在唐詩歷史上有過無數次了不起的登高，李白登高過，王之渙登高過，孟浩然登高過，韓愈登高過，杜牧登高過，許渾登高過。

但杜甫這一次，可能是唐詩歷史上最偉大的一次登高，也是最憂鬱和最想不開的一次登高。

過完年後，思鄉之情實在迫切，再加上遠方的兄弟不斷召喚，杜甫離開夔州，東行赴荊州，再圖北上。

不料這一路充滿艱難。到了荊州，北方又傳來兵亂和戰爭的消息，無法再行北上。他的生活漸漸難以為繼。

他的身體快速衰敗，右臂偏枯，牙齒落光。

大概是因為糖尿病的併發症，耳朵也聽不見了，別人和他說話必須用筆寫在紙上。他日益窮蹇，走投無路。

跑到公安，又再次遇上動亂；接著到岳陽，到衡州，到潭州，又回衡州，所到處不是故人難尋，就是兵荒馬亂。他在一條局促的小船上漂來漂去。

用他自己的話說，是「疏布纏枯骨，奔走苦不暖」。

像這樣一個人，日暮途窮、老無所依，他還寫那些沒用的關心別人的詩嗎？事實上是居然還寫，還在記錄。

這些年，甚至是他人生寫作最勤奮的時候。

比如記錄天下戰亂不斷：

天下郡國向萬城，無有一城無甲兵。

比如操心糧食太賤，影響農民生活：

去年米貴闕軍食，今年米賤大傷農。

去年糧價高昂，軍隊缺糧；而今年糧食太賤，傷害農民利益。

比如記錄下官府盤剝沉重、民生困苦：

況聞處處鬻男女，割慈忍愛還租庸。

民生負擔實在太重，處處都在賣兒鬻女來還租。

還有反映經濟混亂、瀕於崩潰：

往日用錢捉私鑄，今許鉛錫和青銅。

過去經濟秩序穩定，嚴禁私自鑄幣，而現在卻已公然允許鑄造劣幣了。還有，明明到處戰亂不休，底層人民簡直有無數種死法，用他的話說就是「喪亂死多門」，然而一些底層的少年人、小孩子卻傻乎乎地狂熱好戰、喜亂樂禍，盼著靠打打殺殺出人頭地。

他說：

胡虜何曾盛？干戈不肯休！
閭閻聽小子，談笑覓封侯！

七六八年，他終於登上了岳陽樓。

他是慕名而來的，本來還是有點高興的。就像蕭滌非先生說的，他本來並不是來痛哭的，可最終登臨之時，他卻痛哭不已。

所謂「始而喜，繼而悲，終而涕泗橫流」。

在這裡，他寫了一首詩，叫〈登岳陽樓〉。這首詩完美地詮釋了什麼叫想不開，什麼叫放不下。

他明知道自己混成了什麼樣子，那就是「親朋無一字，老病有孤舟」。可在詩的最後，他心心念念的仍然是：

戎馬關山北，憑軒涕泗流。

依舊放不下的是戎馬，是時局。

終於，一年多的漂泊之後，時間到了七七〇年冬天，他病況加劇，倒臥船中。這時他已一貧如洗，衣服破破爛爛，一張用了很久的靠几早已散架了，得用繩子綁著。

他去不了郴州了，更去不了遠方的洛陽了。事實上連這艘船他都已經出不去。他知道自己時間已經不多。

伏在枕上，他艱難地書寫著，要給這個世界留下最後的聲音。這最後一首詩，叫〈風疾舟中伏枕書懷〉。

這可以說是杜甫人生的最後一詩，是他和世界的揮手告別。原詩很長，記錄了很多方面的情況，不全引述了。

只引一下最後的幾句，看他要「書」的到底是什麼懷，還心心念念著什麼：

公孫仍恃險，侯景未生擒。
書信中原闊，干戈北斗深。

他放心不下的，乃是「公孫恃險」，那些竊國的大盜仍然在作亂。他無法釋懷的，是「侯景未擒」，那像軍閥侯景一樣的元凶大惡，仍然在法外逍遙。

然後他寫下的，是哪怕到了人生終點，也仍然牽掛的十個字：

戰血流依舊，軍聲動至今。

他還在惦記著「戰血」和「軍聲」。只要還能苟活一秒，只要別人還在承受不幸，他就永遠無法忽視，哪怕是在自己即將離開世界的時候也不能。

這就是杜甫。他就是這樣一個人。

杜甫大概會講：我沒有什麼偉大的人格。我就是忍不住，想不開，放不下，捨不得。如是而已。

平平無奇杜子美

不時聽見有人說，杜甫「文采不行」，就是愛發牢騷。

此文便回答下不少人的疑惑：總把杜甫說得地位那麼高、成就那麼偉大，可是他的詩到底好在哪裡呢？不少詩歌愛好者是真的有這個疑惑的。

要回答這個問題，是一個很龐大的工作，足夠寫幾大本書了。本文就從最簡單的角度來聊一聊杜甫到底「厲害在哪裡」。

詩人是什麼？借用今天的流行語來說，其實就是「嘴替」。所謂嘴替，就是替你說話，替你表達，替你發洩，替你把自己講不出來的話給完美地講出來。杜甫，其實不過也是一個「嘴替」而已。

嘴替與嘴替之間是分層次的，是有程度差距的。最偉大的嘴替會有三個使命：世人的嘴替、文學的嘴替、時代的嘴替。

首先，杜甫就是世人的嘴替。

何謂世人？就是蒼生。天寶年間中國有五千萬蒼生，他們每個人的情況處境都不一樣，有老人，有少年，有孩子，有母親，有士卒，有縉紳，有餓殍。
蒼生的情緒狀態也是不一樣的，有歡喜，有悲傷，有憂懼，有驚怖，有希冀，有絕望。
杜甫是蒼生的最強嘴替，沒有之一。他可以替一切人的一切情緒來表達。
比如人類歷史上一種常見的情緒——戰亂之中思念親人，杜甫十個字給你嘴替了：

烽火連三月，家書抵萬金。

不妨品一品這十個字。
現在世界上也不消停，一些地方在打仗，人民流離失所。倘若問問士兵們、難民們，不管他們是任何國家、任何民族，翻譯一下，問他們能不能懂什麼是「烽火連三月，家書抵萬金」。
他們一定瞬間就懂了，並且會熱淚盈眶。這就叫作偉大的嘴替。
又比如一種常見情緒——老友久別重逢後的歡喜，杜甫二十個字給你嘴替了：

人生不相見，動如參與商。
今夕復何夕，共此燈燭光。

還能嘴替得更到位和動人嗎？很難了吧。又如極度的絕望，那種哀到最深沉處的絕望，杜甫二十個字嘴替了：

莫自使眼枯，收汝淚縱橫。
眼枯即見骨，天地終無情。

絕望的人哪，你莫哭了！就算你眼睛哭乾，哭成黑洞，哭得見了骨頭，天地一樣無情，沒有憐憫，沒有救贖。二十個字，把「絕望」這種情緒寫到極致。

須知，人類的所有情感，從至極的喜到至極的悲，是有一個區間的。比方說滿格是一百分，不同的詩人所能表現的區間是不一樣的。

李白大概能表現九十五分，李煜也許能表現九十分，他們都是不世出的文藝之神。柳永、秦觀等大概能表現七十五到八十分，也都是非常優秀的選手。而杜甫能表現全部的一百分。他是最卓絕的蒼生的嘴替，是大能。

說了世人的嘴替，下面說第二點：文學的嘴替。

文學，是一種專業技巧。作為一個大詩人，在評價你歷史地位的時候，肯定要面臨這樣一個專業審視：

你把文學的專業技巧拓展了沒有？你把文學的表現力和可能性提升了沒有？

為了方便大家理解，舉一個小例子——曹丕。他是皇帝，也是詩人，是所謂「三曹」之一。論成就和才華，他趕不上他爹曹操，也趕不上弟弟曹植。

那他在「三曹」裡算啥？吊車尾嗎？然而咱們別的不說，只說曹丕的一樣貢獻，他搞出了一個〈燕歌行〉：

秋風蕭瑟天氣涼，草木搖落露為霜。

注意沒，這是七言詩。在這之前，大家搞的主要都是五言詩，成熟的也是五言詩，曹操、曹植主要作品都是五言詩。曹丕卻搞出了成熟的七言詩。這就是對文學的開拓之功，是永遠無法抹殺的開拓之功。

而杜甫呢？他對中國詩歌的形式、技巧、題材、法則、容量、表現力，有多大的開拓之功？四個字吧，亙古一人。

杜甫這方面的功績太輝煌了，幾句話列舉不完。好比說律詩，杜甫是律詩的最終定型者和大成者。

宋人講，五七言律詩有「一祖三宗」，三宗的歸屬可以爭論一下，一祖沒有太多好說的，就是杜甫。

倘若是選四、五個祖，還可以算到杜甫之前的宋之問、沈佺期、杜審言頭上。但如果單提「一祖」，那不用爭競，就是杜甫。

之前看到一些討論，大家很熱烈地討論杜甫的某首詩、某句詩是否「符合律法」。這很有趣，因為這個討論恰恰有點搞反了——杜甫就是規範本範，就是律法本法。

說句不嚴格的，寫詩的時候，某一處的「律法」，杜甫破了，那麼規範就是可以破；杜甫救了，那麼規範就是可以救。好比打籃球的跳投，熱烈討論喬丹的跳投標準不標準，不是不行，可問題是某種意義上，喬丹就是跳投的標準本準。

唐朝在杜甫之後，所有的一流大詩人，基本沒有一個例外的，在形式、題材、技巧上都要學杜甫。因為他籠罩了一切。

前作《翻牆讀唐詩》裡曾寫過一個想像的故事，叫「杜甫一道傳三友」，主要情節是，杜甫傳道，後輩韓愈得了一個字「骨」，白居易得了一個字「真」，李商隱得了一個字「情」。

這種傳承是明明擺著的。莫礪鋒教授有一個比喻說得很明白：杜甫就是長江上最大的水閘，上游所有水都聚到他那裡去，下游所有波濤都從他這裡洩出來。

就好比一個專業領域裡，後來人用的多數的技法，都和他有關，都是他開發、打磨、創造定型的。然後你跑出來說他「不行」，豈非很幽默。

不多囉嗦，下面簡單說第三點：時代的嘴替。

杜甫不但是世人的嘴替、文學的嘴替，還是時代的嘴替。這也是極其偉大的。

不妨把時代想像成一個人。這個人他自己是不會說話的——時代永遠是沉默的，必須有人幫他說。

在西元八世紀的那個時代，那波瀾起伏、地崩山摧的數十年間，中國發生了什麼？經歷了什麼？動盪著什麼？孕育著什麼？糾結著什麼？不安著什麼？奔騰著什麼？幻滅了什麼？

時代既然不會說話，且問誰為時代說出來？杜甫。

唐朝之前的一個大時代是南北朝。南北朝的詩總體不太好，除了陶淵明等個別強人外，都不太好。為什麼不太好？只說一點：你把南北朝所有詩人寫的所有的詩加在一起，打個包，能看出來南北朝的中國人經歷了什麼嗎？能看出來那個時代發生了什麼嗎？看不出來。

所以那個時期的詩歌，還不配做時代的嘴替，沒有足夠的資格站在時代的面前。

但唐朝僅一個杜甫，就用他一個人的力量，昂然站在了時代的面前。〈北征〉、〈壯遊〉、〈憶昔〉、〈兵車行〉、〈麗人行〉、〈自京赴奉先縣詠懷五百字〉、〈新安吏〉、〈潼關吏〉、〈石壕吏〉、〈新婚別〉、〈垂老別〉、〈無家別〉、〈洗兵馬〉、〈悲陳陶〉……

這些恢弘的詩篇，哪怕其中有一首能夠留下來，都是時代的幸事，更別說這麼多首了。杜甫用一己之力，用「疏布纏枯骨」之軀，給我們留下了這麼多的宏偉詩章，完全了時代最珍貴的紀錄：

朱門酒肉臭，路有凍死骨。

暮投石壕村，有吏夜捉人。

戰血流依舊，軍聲動至今。

邊庭流血成海水，武皇開邊意未已。

生女猶得嫁比鄰，生男埋沒隨百草。

野曠天清無戰聲，四萬義軍同日死。

聞道殺人漢水上，婦女多在官軍中。

……

在祖國遼闊的土地上，在億萬生民之間，從京兆到洛陽，從秦州到蜀州，從泰山到汶水，從夔州到洞庭，那個時代的一個個正面、側面、高光、暗谷，各色人等的嗚咽、號泣，希望的燃燒和泯滅，都有杜甫的詩筆在。

無論是耳目驚駭，還是飲恨吞聲，無論是地動山搖，還是向隅而泣，都有杜甫的詩筆在。時代有多大，他就有多大。時代的溝壑有多深，他的詩就有多深。

這就是我說的三個偉大的嘴替：蒼生的嘴替、文學的嘴替、時代的嘴替。

最後聊一個事情——文采。

能明白，許多人憑著主觀印象，覺得杜甫好像「沒有什麼文采」。因為不瞭解，就會有誤會，誤以為偉大文學家的使命是秀一下「文采」，搞幾個「金句」。

好比前些天聽到一個朋友說：「李白寫詩沒什麼，就是像某地方的人一樣會吹牛而已。」這就是典型的因為不瞭解造成的誤會。他印象裡李白只有類似「白髮三千丈」的詩句，所以說李白只會吹牛。

請問，「人煙寒橘柚，秋色老梧桐」，吹牛在哪裡？

同樣地，認為杜甫沒有文采，也是一種不瞭解造成的誤會。他們不明白，一個人的才華太大了、造詣太高了，「文采」就是個小事了，是一個比較低的標準了。就類似很多人覺得金庸也沒文采一樣。

講講杜甫的「文采」。先說一個概念——分量。在所有存世的五萬首唐詩裡，分量最重的五個字是哪五個？姑且列舉一句吧：

國破山河在。

這五個字，一字有萬鈞之力，重如日月山河。

再說壯美。隨便引兩句：

落日照大旗，馬鳴風蕭蕭。

是不是壯絕千載？

再說思念：

露從今夜白，月是故鄉明。

再說蒼茫：

無風雲出塞，不夜月臨關。
說沉鬱：
星垂平野闊，月湧大江流。
說絢爛：
遲日江山麗，春風花草香。
說志向：
會當凌絕頂，一覽眾山小。
說遺憾：
出師未捷身先死，長使英雄淚滿襟。
說惆悵：

正是江南好風景，落花時節又逢君。

最後說說華麗，很多人誤以為老杜不能華麗，卻不知道老杜影響晚唐華麗詩風的偉績豐功。所謂「雜徐庾之流麗」豈是吹的？〈秋興八首〉隨便來一首，看看老杜可以多華麗：

昆明池水漢時功，武帝旌旗在眼中。
織女機絲虛夜月，石鯨鱗甲動秋風。
波漂菰米沉雲黑，露冷蓮房墜粉紅。
關塞極天惟鳥道，江湖滿地一漁翁。

所以不是什麼杜甫有沒有文采，而是一些人所謂的「文采」、「金句」，對一個文學巨匠來說，這個標準太小兒科了。

人家隨口一句「人生七十古來稀」，都是我們民族流傳至今的俗語。隨口一句「但見新人笑，那聞舊人哭」，都讓千百年來無數癡兒女悵惘。

杜甫就是這樣的，無論你從哪一個角度去褒獎他，才力也好、技法也好、道德也好、文采也好、憂國憂民也好，都會覺得太小，無法籠罩他的功業。

當然，永遠會有人像網路上一樣，說什麼杜甫的〈登高〉明顯不如崔顥的〈黃鶴樓〉，還煞有介事分析一番。好吧，杜甫的〈登高〉不如崔顥的〈黃鶴樓〉，然後更不如「樹深時見鹿，海藍時見鯨」[1]，還不如「誰執我之手，斂我半世癲狂」，又不如「願有歲月可回首，且以深情共白頭」。

最後通通都不如春風十里不如你。

注釋

1 李白〈訪戴天山道士不遇〉，確有「樹深時見鹿，溪午不聞鐘」句，但沒有「海藍時見鯨」。

天罡盡已歸天界

時辰到了。

——波特萊爾

「時辰到了。」這是波特萊爾的一句詩，也是我覺得本篇最貼切的開頭。盛唐詩人的故事，將迎來最後的結局。

如果可以穿越，回到天寶十五載（七五六）的春天，也就是「安史之亂」爆發第二年之初，你會覺得一切還是充滿希望的。

哥舒翰還在潼關鎮守，兵氣還很強盛，似乎能拒叛軍於關外。

杜甫當時正在臨近的白水避難，登高眺望兵勢，還充滿信心：

兵氣漲林巒，川光雜鋒鏑……

玉觴淡無味，胡羯豈強敵？

——〈白水縣崔少府十九翁高齋三十韻〉

還有消息說唐玄宗要御駕親征。李白在安徽當塗，聽到這個消息也非常振奮：

雲龍風虎盡交回，太白入月敵可摧。

敵可摧，旄頭滅，履胡之腸涉胡血。

——〈胡無人〉

岑參則在萬里之外的輪台值守，他對戰事仍然看好，在送朋友東歸平叛時說：「逐虜西踰海，平胡北到天。封侯應不遠，燕頷豈徒然！」祝願朋友攻滅叛軍，立功封侯。

王昌齡則在偏遠的龍標期待著北返，精神仍然比較昂揚，說：「莫道弦歌愁遠謫，青山明月不曾空。」

然而，短暫的希望只持續了不到一個春天，形勢就急轉直下了。六月九日，潼關失守，哥舒翰被俘，長安門戶洞開。十三日，玄宗出逃奔蜀。隨即長安陷落，被拋下的嬪妃、王公、大臣慘遭屠戮，金玉珍寶被劫掠一空。

杜甫記錄了這樣一幕，有個落難的王孫在荊棘裡避了一百多天，想給人當奴隸都不行。

時代的巨浪，也把詩人們拋到四面八方，像之前孟浩然、王之渙那樣安然逝於太平歲月已成了奢望，幾乎每個人都被命運迎頭痛擊。

最先迎來人生結局的是王昌齡。

七月，唐肅宗在靈武即位，大赦天下，王昌齡得以離開貶謫地龍標北返。啟程時，他還躊躇滿志，希望報君恩、誅叛軍。然而行至亳州，居然被刺史閭丘曉懷忌殺害。

一個不朽的詩魂就此含冤熄滅了。這也是亂世中人命不如草的最好寫照。

近一年後，宰相張鎬統軍救睢陽，以貽誤軍機罪殺了閭丘曉。閭丘曉哀告求情，自稱有老母要養。張鎬一句反問令他啞口無言：

「王昌齡之親，欲與誰養？」[1]

從這句話看，張鎬很有可能是王昌齡的詩迷，存心為偶像報仇。

再說杜甫。潼關一破，白水也失陷了。杜甫逃亡到鄜州，在羌村安置好了家屬，又返身欲尋找組織，卻被叛軍堵了個正著。軍士喝問：「你叫什麼？」

「杜甫……」

「呸！沒聽過。」

他才名不大，沒受叛軍重視，只被暫扣在長安不能回還。焦灼和痛苦之中，杜甫留下了偉大的〈春望〉：

國破山河在，城春草木深。
感時花濺淚，恨別鳥驚心。
烽火連三月，家書抵萬金。
白頭搔更短，渾欲不勝簪。

兒時讀這首詩，毫不過心，對「烽火連三月，家書抵萬金」根本無法共鳴。直等到年紀稍長，見多了傷逝、別離，才能稍微想像兵荒馬亂，家人消息不通、生死未卜的苦痛。

好不容易，杜甫找到了個機會脫身，從長安金光門溜出來，一路奔到鳳翔，尋到了唐肅宗。新皇帝一看他形象淒慘，衣服千瘡百孔，鞋子的破洞裡露著腳丫子，大為感動，便封了他一個官兒叫左拾遺。可這官兒沒當多久便又被貶了，這是後話。

話說叛軍繼續抓人，在長安又抓到一個：「站住！叫什麼？」

「報告，我叫王維……」

「唷呵！大官兒！大詩人！別讓他跑了！」

王維被叛軍當成寶貝，逼著做偽官。王維找來了啞藥吃下，謊稱是「瘖疾」，也就是啞病，但這招並不管用，叛軍把他押到洛陽，關在菩提寺，仍然強迫他當了個偽官「給事中」。這也是難以苛責的，當時連宰相陳希烈都當了偽軍的中書令[2]。

盛唐三大詩人中，杜甫、王維的遭遇都可說是身不由己，李白卻是主動跳坑的。他去投奔了永王李璘。

李璘是唐肅宗李亨的弟弟，坐鎮江陵，領了四道節度使，財賦豐足，趁亂揮師東下，打算割據東南。

為了擴大影響，他四處招攬名士。孔巢父、蕭穎士都是當時名人，一收到李璘的請帖都落荒而逃，避之不及。唯獨一個李白，在被李璘三請之後，居然興沖沖地上了船。

倘若上了船就低調點也行，李白偏不，以為殺敵報國、大展宏圖的時機到了，連寫了十一首〈永王東巡歌〉。其中第九首路子最野：

祖龍浮海不成橋，漢武尋陽空射蛟。

我王樓艦輕秦漢，卻似文皇欲渡遼。

這是把李璘比喻成文皇也就是唐太宗了，等於是提前幫老闆扯旗造反。所以後人往往認為這一首是偽作，是有人故意栽贓栽誣李白[3]，畢竟其餘幾首東巡歌裡，李白只把永王比成歷史上的王濬等名將，相比之下妥帖得多。

永王的隊伍崩盤很快。他的東下遭到三吳地區頑強抵抗。

唐肅宗也迅速派了新任的淮南節度使兼御史大夫統兵討伐。此人挾威而來，與淮西、江東兩路將領誓師於湖北安陸，要剿滅李璘。

戲劇的是，這位前來負責討平李璘的大將，居然是李白的老朋友高適。

高適發跡了，其進步之快令人咂舌。

僅僅在九年前，高適還待業在睢陽，寫詩羨慕體制內的朋友有俸祿[4]。六年前，他還在做封丘縣尉，當得十分痛苦，自稱「山東小吏」，感到非常沒尊嚴。

哪知在五十多歲上，蹉跎了大半輩子的他突然青雲直上。他先是跟隨哥舒翰，擔任其僚屬。潼關失陷後，高適追上玄宗，陳述利害，博得玄宗青睞，得以任侍御史、諫議大夫。

接著他又一次踩中了關鍵節點。為了遏制安史叛軍，玄宗命令兒子們分鎮各地，永王李璘就是這時得以鎮守江陵。高適卻「切諫不可」，反對諸王分鎮。

這讓新君肅宗大為滿意，於是他又進入了肅宗的視野。等李璘一叛，肅宗找來高適一聊，發現此人頭腦清晰、見識敏銳，大為欣賞，直接提拔為淮南節度使，讓其去平李璘之亂。

高適和李白，這一對當年同遊的老朋友，就在歷史的玩笑之下做了敵人，成了針鋒相對的平叛者和附逆者。

艦船之上，不知他們會不會想起同遊的日子，想起芒碭山上的雲霧、琴台上一起吹過的秋風，還有當年一同抱怨過的世道、暢想過的未來。

最終，高適兵還未到前線，永王就兵敗殞命了。李白從鎮江逃亡到鄱陽湖，無奈自首，被下在獄中。在眾多的附逆之人中，他顯得非常刺眼。誰讓你是天下知名的大文士呢！

此時，李白的處境竟然比當了「唐奸」的王維還慘。

就在同一年，長安收復，唐肅宗追究偽官責任，原河南尹達奚珣、宰相陳希烈等都因為附逆被處死[5]。王維也做過偽官，本來有重罪，但他大喊一聲：「冤枉啊！我是身在曹營心在漢啊！」

「證據呢？」肅宗板著臉問。

王維變魔術一樣從兜裡摸出張發黃的紙來，上面有首舊詩，是自己當「唐奸」時偷偷寫的：

萬戶傷心生野煙，百僚何日更朝天。
秋槐葉落空宮裡，凝碧池頭奏管弦。

——〈凝碧池〉[6]

瞧，我雖然當了「唐奸」，但心裡還是向著您的啊！

肅宗反覆讀了幾遍，氣兒消了：「討厭，不早說。」

因為有這首「自證詩」，再加上其弟弟王縉抗敵有功，且願意削去官爵以保護兄長，使王維被從寬處理，只降為了太子中允。王維則語氣惶恐地上表辭謝，自稱罪重，反覆推讓後才敢接受委任。

至此，王維一場人生中最大的危機，終於因為其一貫的穩慎、處處留地步，以及有強有力的兄弟支持，得以平穩度過。

而在另一邊，潯陽監獄中的李白卻備受煎熬、痛苦不堪。

他想起了老朋友高適，寫了一首〈送張秀才謁高中丞〉向他求救。在這首詩裡，李白豁出去了。他大大讚頌了高適的功績，把對方誇成是一個安邦定國、經天緯地的英雄，最後含蓄地提醒高適：我們曾經是朋友。

結果是石沉大海。

最後李白沒被殺頭，而是被判了個流放夜郎。一直奔走營救的是李白的太太宗夫人、宋若思、崔渙等[7]。高適自始至終一聲也沒出。

過去的那個老男孩高適已經遠去，如今的他是一個成熟老練的政治家。對於一個已被打上罪臣標籤的文人李白，一個已經社會性死亡的千夫所指者，他做出了理智的選擇。

於是，李白，這個中國歷史上有可能最偉大也最浪漫的詩人，終於踏上了他的放逐之旅。

冬去春回，北歸的大雁飛過了他的頭頂，讓他想起了遠別的妻子，潸然淚下。連看到道旁的葵葉，他都十分感傷，畢竟葵葉根深葉榮，不像自己要遠謫。許多舊遊之地也經常進入他夢中，比如秋浦，那裡春水又生了，淹沒了河裡的白石。

逆著長江而上，李白彷彿走進了一條時光的逆流，一路都和青年時的自己背道而馳。當初年少時「夜發清溪向三峽」，輕舟東去，未來無限開闊。如今歸來渝州，已是戴罪之身，滿鬢繁霜。

等過了西陵峽，就是黃牛灘，這裡湍急浪險，兩岸的峻嶺遮蔽了月亮。李白和一路陪伴的妻弟宗璟揮別，繼續西進。終點夜郎還遠在天邊。

直到行至奉節白帝城，好消息忽然傳來：肅宗冊立皇太子，加之天旱，大赦天下，李白可以東還了。滿腔喜悅興奮頓時噴薄而出：

朝辭白帝彩雲間，千里江陵一日還。
兩岸猿聲啼不住，輕舟已過萬重山。
——〈早發白帝城〉

在一團夢境般的彩雲中，李白掉頭回家了。這個冰冷而陰鬱的年月裡，他終於有了一個屬於自己的黎明。

他的小舟像風一樣輕，把座座山巒連同一路的痛苦、悵悶，一起都拋在了身後。

徐志摩有詩說：「匆匆匆！催催催！一卷煙，一片山，幾點雲影。」李白比這更加歡快喜悅。兩岸猿聲嗚響不住，本來是很淒厲、哀傷的，可是此刻在李白聽來，倒像是歡歌、是號角，像是在踏歌送別他一樣。因為他奔向的不但是江陵，而且是自由。〈早發白帝城〉就是一首自由之歌，是一個飛揚的靈魂洗掉了罪名，重新獲得自由，即將開始新生的痛快的吶喊。

因為山水相隔，關於李白的第一手消息，杜甫很長時間內都並不知道。

他的心一直伴隨著李白西行，猜想他是不是過了湖南，是否到了瀟湘、洞庭，會不會對屈原的英靈傾訴和哭泣。

日久方見人心。事實證明，能贏得杜甫的友誼，那是人生之大幸。當人們都對李白唾棄紛紛、口誅筆伐的時候，杜甫還在為李白說話：

> 不見李生久，佯狂真可哀。
> 世人皆欲殺，吾意獨憐才。
> 敏捷詩千首，飄零酒一杯。
> 匡山讀書處，頭白好歸來。
> ——〈不見〉

儘管生活輾轉無依，身體也每況愈下，他還是記掛著朋友，這已經成了杜甫的本能，直到最後。

前文中曾說過，唐詩通常劃分為四個時代：初唐、盛唐、中唐、晚唐。而盛唐階段的結束，標誌就是杜甫的去世。他似乎注定是這個黃金時代的守夜人。

在生命的最後幾年，杜甫不斷接到一個又一個朋友故去的消息：七五九年畫家鄭虔去世；七六一年王維離世；七六二年李白故去；七六三年，和他淵源很深的房琯辭世；七六四年輪到了蘇源明，他甚至是餓死的；接著死去的是好朋友嚴武、韋之晉……

他想念朋友們，用顫抖的手，寫下了心中的悲傷：

> 鄭公粉繪隨長夜，曹霸丹青已白頭。

天下何曾有山水，人間不解重驊騮。
——〈存歿口號二首〉其一

這詩是寫給畫家鄭虔的，但又何嘗不是對所有凋零的朋友們的哀哀輓歌。

七七〇年，已然病骨支離的杜甫整理書帙，無意中找到了故人高適十年前正月寄來的一首詩，其中有這樣幾句：「人日題詩寄草堂，遙憐故人思故鄉。柳條弄色不忍見，梅花滿枝空斷腸。」寫詩時高適還在劍南做官，杜甫還在成都草堂。而眼下高適已經病逝五年了。杜甫讀著詩，忍不住淚灑行間。

同年，杜甫又收到了老友岑參故去的消息。曾經熱鬧的朋友圈裡，唯有他自己的頭像還亮著了。此刻，他幾乎已無淚可流。

是年冬，孤獨的杜甫在湘江上一條小舟中死去，終年五十八歲。盛唐詩人的故事，至此終於徹底停止了更新。

對於這個詩的黃金時代，實在找不到一首合適的唐詩來總結，萬幸想起了《水滸傳》結尾的一首小詩：

天罡盡已歸天界，地煞還應入地中。
千古為神皆廟食，萬年青史播英雄。

這些詩人生前關係很複雜，都不省事。和我等俗人一樣，他們有一見如故，有久別重逢，有點讚之交，有死生契闊，有貧賤時的知遇，也有富貴後的相忘。

然而他們又和我們不同。這個朋友圈裡的每一位，都像座座聳立雲天的高山，才華就像汩汩清流，沿著各自的路線狂奔。

杜甫曾把詩壇比喻成「碧海」。他們互相之間是友愛也好、疏遠也好、隔膜也好、仇恨也罷，都不重要了。他們的詩情都化作滔滔江河，匯入了偉大詩國的碧海中。

注釋

1 王昌齡被殺具體原因不明。辛文房《唐才子傳》說：他「以刀火之際歸鄉里，為刺史閭丘曉所忌而殺」，認為閭丘曉殺王昌齡是嫉才。從這裡也可看出當時的混亂，地方大員的為所欲為。七五七年，宰相張鎬出任河南道節度使，統兵救睢陽，閭丘曉貽誤軍機，張鎬下令處死。閭丘曉哀告說：「有親，乞貸餘命。」張鎬反問：「王昌齡之親，欲與誰養？」於是處死了不給人活路、自己也沒了活路的閭丘曉。

2 後來王維上表自稱：「當逆胡干紀，上皇出宮，臣進不得從行，退不能自殺，情雖可察，罪不容誅。……伏謁明主，豈不自愧於心？仰靦群臣，亦復何施其面？跼天內省，無地自容。」雖然沉痛，但還是講自己「情雖可查」的。

3 明代游潛《夢蕉詩話》認為李白這首詩「不無啟其覬覦之心」，意思是反心已露。郭沫若《李白與杜甫》認為，這一首詩必定是偽作，與其餘十首的調子口吻都不相稱。李白固然天真，但不是傻子，絕不會如此幼稚。比如第八首「君看帝子浮江日，何似龍驤出峽來」，將永王比作晉代大將王濬，這是妥帖的，也說明他不至於去拿永王比李世民。

4 熊篤編著《天寶文學編年史》說：「天寶七年戊子（七四八）……高適居睢陽，窮愁困窘至極。秋季，作〈別王徹〉，感嘆說：『……吾知十年後，季子多黃金。』〈別李景參〉又說：『……家貧羨爾有微祿，欲往從之何所之？』」高適也因為這首窮愁想錢的詩受到後來嚴羽等論者調侃。

5 唐肅宗將偽官分六等定罪，達奚珣被判定為一等罪，連同其他十七人被斬於獨柳樹下。陳希烈等六人為二等罪，被賜死於大理寺。如果僅從當時的情形而論，處死者不算多，已經是從寬了的。後來達奚珣夫婦合葬墓被發現，墓誌含糊了死因，只稱逃亡無路，被拘執，「積憂成疾」。

6 這首詩一題〈菩提寺禁裴迪來相看說逆賊等凝碧池上作音樂供奉人等舉聲便一時淚下私成口號誦示裴迪〉。仍然是給裴迪的。

7 李白〈在潯陽非所寄內〉：「聞難知慟哭，行啼入府中。多君同蔡琰，流淚請曹公。」似乎表明宗夫人在努力營救。另外李白〈為宋中丞自薦表〉中有句：「前後經宣慰大使崔渙及臣推復清雪，尋經奏聞。」表明替李白說話的是宋中丞（宋若思）和崔渙。還有傳聞郭子儀救李白，但證據不確。

李杜文章在，光焰萬丈長

李白去世之後五十年，憲宗元和七年（八一二）八月。秋風之中，一個叫范傳正的人來到安徽，擔任宣歙觀察使。

這是一個很重要的地方長官，管轄了安徽南部的廣大地區，涉及今天的宣城、馬鞍山、蕪湖、池州等多個地市，李白病逝之地當塗縣就在其轄區之內。

巧合的是，范傳正恰恰是李白的「粉絲」。

范傳正自小就讀李白的詩，一直仰慕這位蓋代天才。不僅如此，他的父親范惀還和李白有舊，二人曾在潯陽夜宴賦詩，范傳正也曾讀過這些詩句。上輩的淵源，讓他對李白愈發好奇和思慕。

這次來宣州，范傳正早早存下一個念頭：我要為李白做點什麼。

到任之後，他開始尋訪李白墓及其後人。墓地不久便找到了：五十年過去，墳墓已經荒蕪摧圮，幾乎被外面的世界遺忘，[1]唯有山中的樵夫經過。范傳正令人清理灑掃，禁止樵採，將墓地保護起來。

尋訪李白後人的工作卻意外地艱難，過了三、四年，才終於尋到李白的兩個孫女。范傳正立刻召見了二人。

這是一次偶像擁躉和偶像後人的神奇見面，地點是在州署。出現在范傳正眼前的二女衣著簡陋、形象「樸野」，完全是當地農婦打扮，但「進退閒雅，應對詳諦」，自帶一份書卷氣，依稀還有著先祖李白的影子。

據她倆陳述，李白之子，也即二女之父伯禽在當塗務農，已於二十年前去世。伯禽有一子，即李白之孫，十二年前離鄉出遊，不知所蹤[2]。目前只剩這兩個孫女，分別嫁給了當地農民陳雲、劉勸。因為處境寒窘，二女怕辱沒了先祖，縣官近年來多番查訪，她們都沒去認告，最後迫不得已才現身。

說起身世，她們流出了眼淚，范傳正也不禁泫然。他提出讓二女改嫁給士族，提高她們的社會地位。從這一點也能看出唐代風氣開放，改嫁並非天大禁忌。這一提議卻被二女拒絕。

她倆只提出了一點：當年爺爺李白屬意「謝家青山」，可由於條件所限，葬在了龍山東麓，不是他的本意，希望能予以幫助。范傳正感慨不已，立刻答應了她倆的請求。

當塗縣令諸葛縱經辦了這件事。據說諸葛縱也是個愛好詩歌的，將此事辦得十分利索。經過一番細心選址，元和十二年（八一七）正月二十三日，李白墓遷至六里之外的謝家青山之陽。

這座山得名於南朝詩人謝朓，當年謝朓擔任宣城太守，曾於山南築室居住，而他恰恰是李白的偶像。如今李白歸葬青山，和偶像舊居之地相伴，應該說是遂了心願。

新墓落成，范傳正撰寫了碑文，即〈唐左拾遺翰林學士李公新墓碑並序〉，詳細記敘了事情原委；刻成二石，一座埋於地下，一座立於道路，讓李白其人其事「芳聲不泯」。同時他還蒐集李白遺作，編為二十卷，希望傳之於世。

應當感謝范傳正這位唐代的文學追星族，他的功勞怎麼說都不過分。僅就保護李白墓這一件事，他就是蓋世的功臣。杜甫墓現共有八座[3]，孰真孰偽，莫衷一是，而李白墓卻幾乎沒有爭議，就是得益於范傳正。

如今，李白墓仍在青山，當地已開闢成了李白文化園。不遠處就是青山河，向東是天門山和滾滾長江。這裡平時很安靜，偶爾有人來朝拜「詩仙」，不約而同都會帶上酒，白酒、黃酒、紅酒都有，以慰藉這個一生愛酒的詩魂。

與李白類似，杜甫的後事，也是一個讓人唏噓的故事。

大曆五年（七七〇），杜甫在湘江上的一條小舟中病故。窘迫的家人自顧不暇，只能「槁葬之[4]」，即草草埋葬。可想而知那是非常潦草寒酸的。

此後數十年，和當塗李白墓一樣，杜甫的初葬墓也幾乎被人遺忘。相比之下，李白生前名頭大得多，去世後墓地尚且長年無人問津，更何況當時影響力遠遜的杜甫。

同時代的絕大多數人都不知道杜甫的偉大。當時人選編的唐詩集如《河嶽英靈集》、《玉台後集》、《國秀集》、《丹陽集》、《中興間氣集》都不收杜甫的詩。《河嶽英靈集》收了盛唐詩人二十四名，連什麼李嶷、閻防都選上了，就是沒有杜甫。歷史的灰塵，似乎正在慢慢把他的一切堆埋。

直到中唐，人們才漸漸重新發現了杜甫，覺得這人的詩越讀越好。這其中出了大力的是詩人元稹。

讀了杜詩，元稹驚呼不已：偉大啊，這是幾乎可直追《詩經》、《楚辭》的絕藝啊！他到處蒐集杜甫的詩，每找到一點就喜笑顏開，覺得無比親切。

元和八年（八一三），在杜甫去世四十餘年後，其孫杜嗣業將祖父遷葬，迎靈柩回河南故里。這是一項非常艱難的工作，為了完成此事，窮困的杜嗣業四方乞援。

按照當時風俗，先人去世後，最好能讓一位有影響力的人作墓誌銘，甚至不惜為此花費重金。杜嗣業根本沒有這筆錢。恰好他路過荊州，聽說爺爺的擁躉元稹正在此地，於是上門求乞。

元稹慨然允諾，給偶像寫東西還要什麼錢？於是揮筆寫下〈唐故工部員外郎杜君墓系銘並序〉。

在文中，元稹熱情地謳歌杜甫，給了一個無以復加的評價：

> 至於子美，蓋所謂上薄風騷，下該沈宋，言奪蘇李，氣吞曹劉，掩顏謝之孤高，雜徐庾之流麗，盡得古今之體勢，而兼昔人之所獨專矣。……詩人以來，未有如子美者。

元稹標舉了古往今來許多詩人的名字，漢魏的曹操、曹丕、曹植、劉楨，南北朝的謝靈運、顏延之、徐陵、庾信，唐代的沈佺期、宋之問……都是一時之傑。元稹認為，與他們相比，杜甫處於更高的位面，可謂博採眾長而超越之，是橫壓千古之人。

這是一次對杜甫毫無保留的認可，也是杜甫生前身後都極少享受過的推崇。

「李杜」這兩個字，漸漸成了固定片語，在中國人的心裡扎了根。

儘管當時仍有許多非議和毀謗，對李白、杜甫孰優孰劣也爭論不休，但二人的擁躉越來越多，影響也越來越大，已成不可阻擋之勢。人們彷彿自發地匯聚成洪流，滿懷著崇敬，將二人遷移出蒿草叢生的荒涼墓穴，扶著靈柩，一路送上光明之頂，供萬世頂禮。

文壇泰斗韓愈也出手了，他用兩句詩結束了一切爭議，完成了對二人歷史地位的終極認證：

李杜文章在，光焰萬丈長。

這不禁讓人想起，人生最末時段，杜甫曾在〈南征〉中寫下心事：「百年歌自苦，未見有知音。」

他是帶著沒有知音的遺憾去世的。半個世紀後，杜甫才終於完成了文學史上一場偉大的逆襲。

有趣的是，後人不僅僅滿足於做「知音」，還開始爭奪起李白和杜甫來，包括故鄉和墓址。四川、湖北、甘肅、山東都想當「李白故里」，而杜甫墓也是幾處各執一詞，尤其湖南耒陽、平江，河南偃師、鞏縣四處，互不相讓。

明代人李贄曾為此感嘆：

蜀人則以白為蜀產，隴西人則以白為隴西產，山東人又藉此以為山東產……嗚呼！一個李白，生時無所容入，死而千百餘年，慕而爭者無時而已。[6]

可嘆李白、杜甫，生前承受寂寞的孤獨，身後又要承受喧鬧的孤獨。這恰恰應了哲學家三木清的一句話：

「孤獨不是在山上，而是在街上；不在一個人裡面，而在許多人中間。」

杜甫生前，則早已用簡練得多的方式預言了這一切：

冠蓋滿京華，斯人獨憔悴……

千秋萬歲名，寂寞身後事。

（後續見第三冊《唐詩笑忘書》）

注釋

1 范傳正之前，李白墳前寥落，少有紀念修葺。貞元六年（七九〇）有官員劉全白到池州任職，於龍山憑弔李白，見李白「荒墳將毀」，感到十分悲傷，於是組織了修葺，撰〈唐故翰林學士李君碣記〉作為紀念。等范傳正來時又是二十多年後了，李白墳已經荒蕪摧圮。

2 後來谷氏一直為李白守墓，據說至今已四十九代。現下的守墓人谷常新告訴過筆者一個觀點：李白之孫「出遊」可能是行乞，范傳正加以美化，才說是出遊。

3 據霍松林〈杜甫與偃師〉：「現存杜甫墓約有八處：陝西有鄜州墓和華州墓，四川有成都墓，湖北有襄陽墓，湖南有耒陽墓和平江墓，河南有鞏縣墓和偃師墓。」其中鞏縣、偃師、耒陽、平江四處有可能是杜甫埋骨處。

4 見北宋司馬光《溫公續詩話》：「杜甫終於耒陽，槁葬之，至元和中其孫始改葬於鞏縣，元微之為志。」「槁葬」就是草草埋葬。但「改葬於鞏縣」和「元微之為志」是矛盾的。元微之即元稹，元稹為杜甫撰寫的墓誌銘只說杜甫改葬於偃師，未提葬鞏縣。

5 元稹寫有〈酬孝甫見贈十首〉，其中有：「杜甫天材頗絕倫，每尋詩卷似情親。憐渠直道當時語，不著心源傍古人。」

6 見李贄《焚書》卷五《李白詩題辭》。

文學森林LF0200

唐詩光明頂

唐詩三部曲2

作者
王曉磊

筆名六神磊磊。曾任記者，二〇一三年起開始寫作，以唐詩和金庸武俠小說為主題在社群媒體寫作，因其犀利、獨到的視角而廣受好評，是非常受歡迎的唐詩解讀、普及者之一。著有《唐詩光明頂》、《唐詩寒武紀》、《翻牆讀唐詩》、《給孩子的唐詩課》、《六神磊磊讀金庸》等。

封面設計　尤洞豆
內頁排版　立全排版
責任編輯　李家騏
行銷企劃　黃蕾玲、陳彥廷
版權負責　李家騏
主　　編　詹修蘋
副總編輯　梁心愉

初版一刷　二〇二五年五月二十六日
定價　新台幣四〇〇元

ThinKingDom 新經典文化
發行人　葉美瑤
出版　新經典圖文傳播有限公司
地址　10045臺北市中正區重慶南路一段五七號十一樓之四
電話　886-2-2331-1830　傳真　886-2-2331-1831
讀者服務信箱　thinkingdomtw@gmail.com
臉書專頁　http://www.facebook.com/thinkingdom/

總經銷　高寶書版集團
地址　11493臺北市內湖區洲子街八八號三樓
電話　886-2-2799-2788　傳真　886-2-2799-0909
海外總經銷　時報文化出版企業股份有限公司
地址　桃園市龜山區萬壽路二段三五一號
電話　886-2-2306-6842　傳真　886-2-2304-9301

唐詩光明頂：唐詩三部曲．二/王曉磊著．-- 初版．--
臺北市：新經典圖文傳播有限公司，2025.05
304面；　21x14.8公分．--（文學森林；LF0200）

ISBN 978-626-7421-94-9(平裝)

1.CST: 唐詩 2.CST: 詩評

820.9104　　114006107

本書授權自《唐詩光明頂》簡體中文版，文匯出版社出版。